善書坊

画地为天

远村 著

陕西师范大学出版总社

图书代号 WX24N0538

图书在版编目（CIP）数据

画地为天 / 远村著. — 西安：陕西师范大学出版总社有限公司，2024.6
ISBN 978-7-5695-4296-7

Ⅰ.①画… Ⅱ.①远… Ⅲ.①诗集—中国—当代 Ⅳ.①I227

中国国家版本馆CIP数据核字（2024）第022304号

画地为天
HUA DI WEI TIAN

远　村　著

出版统筹	刘东风
责任编辑	舒　敏
责任校对	彭　燕
封面设计	张潇伊
出版发行	陕西师范大学出版总社
	（西安市长安南路199号　邮编710062）
网　　址	http://www.snupg.com
印　　刷	陕西龙山海天艺术印务有限公司
开　　本	889 mm×1194 mm　1/32
印　　张	7.375
插　　页	1
字　　数	87千
版　　次	2024年6月第1版
印　　次	2024年6月第1次印刷
书　　号	ISBN 978-7-5695-4296-7
定　　价	59.00元

读者购书、书店添货或发现印刷装订问题，请与本公司营销部联系、调换。
电话：（029）85307864　85303629　传真：（029）85303879

目 录 · MULU

几个潮湿的汉字落在我面前　001
外面的雨下个不停　003
高处的月光　005
蓄谋已久的雪　007
高公馆的春天　009
风起花落的冬天　011
我在城墙上观察整个天空　013
在火车上读博尔赫斯　015
放下的欢颜　017
无人出局的博弈　019
更多的火车要开进来　021
故事从动车开始　023
磁悬浮火车让我飞起来　024
高铁带来的好时光　026
我们走在积水之上　028

身上的尘埃　030

所有的努力　032

被一滴水围困　034

他　们　036

不屑一顾　038

我不曾放弃的青春　039

我在大白天梦见了自己　041

如同一次意外的远行　043

我要赞美胡杨　045

看陈忠实文学馆　047

我姓鲍　049

突然而至的雨水　051

阳光村里的孩子　052

有多少诗人没见过黄河　053

与司马迁的一次相遇　054

多年以前　056

画地为天　058

过多的依存　060

我所思念的旧时光　061

她的美目　062

简单的看见　063

无以为念的夏日　064

不可名状的心境　065

我要画一张脸	066
沉醉其中	067
别无所求	068
无法说出的大热	069
在混乱的时间里清醒地活着	070
我曾热爱过的大师	071
一个人走了	073
雨夜孤灯	075
如果春天不来	077
等雨的人	079
夏天以后	080
轻如飞尘	082
不着一词	083
放大的伤悲	084
相对于大地	085
诗　人	086
冬天的背影	087
虚名之累	088
我认识的画家	089
不小心碰落的一颗星	091
被上帝错爱的坏孩子	093
自画像	094
把自己放纵一下是可以的	095

高调的质疑　097

易碎的美人　099

我的春天　101

给多事的春天让出一块空地　102

我要回来　104

内心的安宁　105

纸的声音　106

夏天的收信人　107

被阳光扶着　108

无奈的诗人　109

我要靠近一条河庞大的身躯　110

我多么想说一声　111

对于一条河，我不会抱太多的幻想　112

我是最小的一粒水珠　113

被救上岸的失足者　114

我能读懂你的快乐　115

我要画出我无边的落寞　116

醒来的不安　117

看上去一点也不过分　118

我就这么无趣地站着　119

我在等待一个时机　120

我不能给你太多　122

我是一个有福的人　123

是金子总会发光	124
金盆打烂分量在	125
惜墨如金的人	126
我要去另一个村庄	127
我仰望的星空	129
那些逝去的岁月	130
世界是个大房子	132
习惯是这样形成的	133
我该拿出什么样的春天	135
你是我心尖上的佛	137
我不能说出你的快乐	138
过年的想法	140
立春的福分	141
元旦的画展	142
雨水的味道	143
不要把一张嘴惹急了	144
如果一朵花谢了	146
被自己磨光了的石头	147
一些伪词是可以放下的	148
力不从心	149
没有花在飞，也没有鸟在鸣	150
远一些，再远一些	151
我会沉默	152

我不能无视冬天　　154

我看见一个无名的花农　　155

我不在乎　　156

就让我放松一小会儿吧　　157

我不会去赴一个无聊的晚宴　　158

我就是自己的一个陌生人　　159

让我再上一次南山吧　　161

说一说这个秋天吧　　163

一个飞贼的飞　　164

不能说出　　165

李世民的另一种想法　　166

如果一个人穿上豺狼的外衣　　167

那些被我写坏的宣纸　　168

不说出一闪而过的生死之约　　169

两条合而为一的鱼　　170

一条河心怀远大的嘹亮　　171

我欠他们一顿小酒（组诗）　　172

一个豪气外泄的人　　187

我是我自己的梁山　　188

与一粒沙子亲切交谈　　189

多么异样　　190

无法辨认的来路　　192

我的好奇心，被一再驳回　　194

那些匆忙的正午如出一辙	195
与安静的码头一起摇晃	196
整个下午，我们缓行慢走	197
写诗的那些年	199
一张一闪而过的脸	201
写下人间的自序帖	203
诗人的天佑德	204
在哈拉库图游走	205
从燎原的一本书开始	206
春天是诗歌的女仆	207
咽下一片柴胡的好意	208
回不去的故乡	210
我难以放下的故乡	212
守住过两个县的错爱	214
我听见了大地的歌谣	216
比诗歌还脆弱的方言	218
我是一个被米香割倒的人	219
后　记	221

几个潮湿的汉字落在我面前

外面的雨一直在下,几个潮湿的汉字
就落在我面前。
我不得不去打量它们姣好的面容。
它们无一例外地忙碌,让我立刻有了
时不我待的焦虑。
我写下了早晨的急促,雨还没有停。
我又写下比早晨要缓慢的上午。
雨还在下着。
我就想,一场雨,它要来到我跟前多么不易。

外面的雨一直在下,我以一个画家的能耐
写下了十几个汉字,它们有各自的表情。
它们会跟我说话。
它们说再大的事,也没有一个人的雨天
更让人过得心慌。
我写下了人间的书卷气,雨还没有停。
我又把一张泛黄的宣纸写得八面来风。
雨还是没有停下来,我继续写下了几个比形容词
还要深沉的动词。

外面的雨一直在下，我又写下了
几个潮湿的句子。
它们守着自己的本分。
它们说再长的喧哗，也不及一个小小的停顿
更令人神往。
我写下了诗歌的未来，写下中午不请自来的倦意。
纸上的长安，因为下雨，被我写得风生水起。

外面的雨下个不停

外面的雨还没有停下,我就开始想
如果太阳出来了,谁会率先走出一座大楼。
谁会以一个牙医的口气跟我说话。
然后消失在无人的街角。
谁会拍着我的肩膀,跟我一起走在
看画展的路上。
还跟我说起一些陈年碎事。
说起一个半生不熟的人,不小心弄坏了自己的前程。
还连累了一个姓钱的花瓶。

外面的雨还没有停下,我继续在想
如果太阳出来了,谁会在乎一个人走在
回家的路上。
被几只流浪狗叫得心里慌乱。
谁会不断地敲打我。
说一个好男人,不要把一点小小的意外
当作善行天下的仰望。
谁会跟着我,在平淡的午后,画出一个
少女的粉妆之美。
谁会用微信告诉我说,一个画画的人

就是一个干净的人。
一个脱离了凡尘欲念的人。

外面的雨还没有停下,公干回家的人
越来越多。
我就在想,又一个多雨的夜晚即将到来。
如果明天太阳出来,谁还会记得下雨的午后
一个写诗的老男人,想了那么多。

高处的月光

不接地气的成长是可疑的,如同一把火
失去燃烧的柴火。
不要月光的生活是可耻的,就像黑蝙蝠
飞在夜幕下的森林里。

月光下的玉镯,在水面上闪耀。
就像曾经的往事难以释怀。
就像你惦记着的那个人,会随时离你而去。

高处的月光是寒冷的,如同一个人
走在无人光顾的大街上。
如同一口钟
挂在高耸的教堂塔尖,声不由己。

从未有过的凉,凉到了一个人的骨子里。
比如冰的夜来得更晚。
从未有过的月光,会带来更深的寒夜。

如果生病了,就会有无数个理由回到故乡。
也会有一两个冷战从梦中惊醒。

如果不在梦里说出秘密,就会有一万个理由
让我们的对手缴械投诚。

他看见的乡愁,是明月之上的乡愁。
而我看见的乡愁,在我的心里。
我不愿启齿的往事,会在某个人离去的时候
开始烟消云散。

蓄谋已久的雪

要想安静地思考，相对于身体是轻松的。
比如雪，比如比雪还安静的
几间小小的瓦房。
比如手和足
一刻都没有停住向上的贪念。

蓄谋已久的雪，落在行人的肩膀上。
偶尔也会
落在无人光顾的台阶上。
如果落在诗人的头发上，一场大雪
就会下得天地难分。

大雪来临，受伤的麻雀会竭力飞翔。
低处的树枝上挂满白色的谎言。
一些清脆的声音，会去拍打诗人的睡眠。
像午夜的风，摇晃着去年的干柴。

雪从高处落下来，落在宽阔的乡愁上。
然后停下来
像唐朝的某个人

去邀山里的清风和天上的明月。

可以沉默，可以不在乎雪会不会如约而来。
可以被冬天的雷惊扰。
可以在北风中写字，也可以在雪地上画画。

可以抖落头上的白和脚下的白。
可以在雪地上大呐二喊。
也可以将雪慢慢接住，轻轻地放在
大衣口袋里。

下雪的某一天，我们开始怀念。
开始相视而坐，像两只饱经沧桑的蜜蜂
暗自回想着各自内心的那份甜。
然后说：我们靠在一起，我们不把彼此放弃。

高公馆的春天

高公馆的春天来得太迟。
太迟了就会让许多人迫不及待。
就会让玉兰花下的路遥,躺在一把破椅子里
抽烟,打盹,冥想。
就会让一只蚊子,失去了方向。
就会让迟到的春天,学着卖大米的腔调
出售廉价的睡眠。
就会让中年的路遥,早晨从中午开始。

那一年,高公馆的春天还在路上。
一只蚊子,就离开了故乡。
它一会儿飞翔,一会儿在低处歌唱。
还让一些汉字,忍住了长安的隔世之痒
然后穿过前朝的月亮门。
趁着春天不在的时候,跟一个城市有过一些
匪夷所思的接触。
那年春天,路遥说,这个非虚构的细节
总有一天会在他的小说中出现。
会帮他大忙。

高公馆的春天,还是来得太迟。
太迟了,就欠一个真诚的道歉。
内忧外患的民国,一个性子太急的屠夫。
在高公馆做过短暂的囚徒。
差一点丢了小命,美人,和江山。

那年春天,路遥说,这个爱骂娘的人
欠咱老陕一个公道。
总有一天,这段历史会在他的书中还原。
一定得让他道歉。
最起码也得向培五先生,说一声对不起。

那一年,并不遥远,高公馆的春天来得太迟。
太迟了,就会让一些人难以安生。
一些人春潮澎湃。
一些人,忙着跟时间讨要过时的红颜。
坐在一把破藤椅里晒太阳的路遥
一手捏着北京来的电报,一手指着一只蚊子。
说你看看,一只蚊子,只要它愿意。
飞出潼关,它一准能飞得更高,更远。

风起花落的冬天

那年冬天,任性而无望,古城的天空
是一本悬疑小说。
让生活在低处的诗人愁肠百结。
这样的情形之下,我看见了路遥,他迈着
北地人的大步远我而去。
我身边的闲人,一眼就能看出,这个叫路遥的男人
是一个不同寻常的造访者。
但生性愚钝的我,一直没有看破这一点。
即使在他走后的岁月里,我还念念不忘。
这样的冬天,空气是潮湿的,不该发生的事情
就不要让它发生。
即便发生了,也是一件难以说清的悬案。

那年冬天,任性而无望,我在潮湿的雨水中
遭遇了一次意外的风险。
我是诗人,所以冬天的奔跑多半是冲着我来的。
我为此而险些掉进下水管道。
因为盖子被人盗走了,稍一转身就可能
深入其中。但我没有动
我看见雨不知什么时候变小了,不知什么时候

大街上挤满了行人和车辆。

那年冬天,任性而无望,我怀揣着某种杂念
走在西京医院的病房里。
我甚至想,路遥这一走还会不会回来。
会不会像去年一样突然站到我面前,笑语拂面。
我忘不了他与这个世界,发生过不愉快。
扶着他,就是扶着一座山,扶着一块带病的好钢。
一个冷风伤身的午后,他让我把冬天的无望扶起来。
他说,金盆打烂了,分量还在。
我知道他是说给自己听的,他放下了不该放下的一切。

那年冬天,任性而无望,送走了路遥,我开始
对自己的写作漫不经心。
以为一种极不冷静的征伐,不仅盲目,有害,而且无益。
一天的忙碌之后,总有那么一小会儿
要把自己放在干净的高处。
看冬天里,鸟来兽往,风起花落。

我在城墙上观察整个天空

那年夏天,我在城墙上观察整个天空。
天空什么都没有,只有一只鸟毫无主见。
它将细小的目光扔向古老的城墙。
但要穿过空气的阻力,比飞困难。
城墙根下长出两棵合欢树,它们枝繁叶茂。
它们互咬对方的心脏。
秦砖为此而怦然心跳。
它们只看了诗人一眼,继续干它们的勾当。

那年夏天,低飞的鸟担心夏天
被咬得一无所剩。
什么样的风才是不错的猎人,什么样的人尘世活腻了
要在护城河上清点颇烦的日子。
什么样的人,比我早来了几分钟,就可以夸夸其谈。

我这样想的时候,一个说外语的女孩软在水上。
她递上一朵丁香花,又递上一张美丽的笑脸。
她望着天空,说:诗人的牙齿是坏的。
我听到一种比诗人还糟的声音碰在墙上。
从丁香花下站起来,一个男人的自尊被鸟盯梢。

我发觉这样的场面,曾在哪里见过
但一时又想不起来。

那年夏天,我是一个无辜的受害者。
被夏天遗忘在灰色的城墙上,不知所归。
一阵模糊的祈告声,从空气中缓慢移走。
我突然想到这个夏天,世界说变就变了。
高公馆的丁香花,虽然幽暗,更适合一个外乡人
写下心底的孤傲与偏执。
写下夏天,我在城墙上观察整个天空。
天空什么都没有,空荡荡的大太阳
挥之不去。

在火车上读博尔赫斯

离武汉不远,我躺在老式的绿皮火车上,读一本装着
牛皮纸封面的诗集。
时间是夏天的某个早晨,我在封面的左下角
找到了十分牛皮的博尔赫斯。
这个患有严重眼病的拉美人,据说是爱着他的祖国。
爱着他的布宜诺斯艾利斯。
还有一个年轻貌美的寡妇,拥有他的财产继承权。
这些经历都简要写在书的最前面。
所以,我开始羡慕他的图书馆馆长职位。
至于,他的诗集,我是在火车飞速前进中慢慢读完的。

也就是说,我可能在一种摇晃状态下一口气
将诗集中的某一首读完。
也可能只读完后记就睡着了。
我知道跟博尔赫斯相遇,人生的旅途也会
发生些意想不到的变化。
比如,当我读完《基罗加将军乘一辆马车驰向死亡》
我就泪如雨下。
我好像看见多年前的陕北,刘志丹将军
过了黄河后一去不回。

当一首短诗《肉铺》闯入视线，我忽然想到香水。
想到擦肩而过的某女。
火车正以每小时六十公里的时速赴向武汉三镇。
时间正好是夏天的某个午后。
我的想象，变得简单。
也可能注意力出了一点小小的麻烦。
车窗外的田垄上，一个农夫在地上画画
一个老妇人，在冷风中忙着过江。

火车疾速驶过，给楚地留下一些烟尘。
一张夏天的脸，比南方要潮湿，比诗歌还要夸张。
她挂在我对面的车窗上
不断用美目盯着我手中的博尔赫斯。
我却在盯她，像两个偷窥者，又像是两个暗探。
就这样，这年夏天，火车在大地上轰鸣
我的心开始七上八下。

放下的欢颜

放下一点轻微的,也可以放下一点重大的。
当然,也要放下绳子,放下无所畏惧。
多年以前的诗和爱,也要放下。
放下远方,放下一点不必要的小小的伤害。

不曾热爱的事物,不是真心的义薄云天的赞美。
深陷迷途的出发,暗藏着一年的奢望。
我不曾挽留的美人,她就在这一年中的
某一天风情万种。

参不透的词和句,会在落寞的诗歌里安然无恙。
也会在更大规模的席卷中隐忍与宽慰。
看不够的红颜,她会在岁月的高地上自生自灭。

不幸福的疑虑,是有害而无益的。
两个薄命的人,说好了,要置身事外。
真的说好了,会舍弃彼此的美貌与欢颜。
即使沦落天涯,也要活出一派豪气。

当然,誓词易碎,我们的初心不会改变。

就像一驾马车停放在门前。
随时等待驱使,而且不发出半点艾怨。
就像中国式的婚姻,老旧而耐用。

无人出局的博弈

如同一个行色慌张的老乞丐,被人们
弃于幸福之外。
午后的城市,不会加害一个热爱诗歌的饮者。
也不会偏袒一个心怀叵测的小人物。

不要把冬天的暖辜负了,就像夏天的冷
是透彻心肺的。
如今这年头,只要一支上好的毛笔就足够了。
就可以
了无尘埃地写字,或者画画。

无须看穿一只眼深藏的秘密,无须把迟钝的
有些缓慢的脚步声放低。
无须对一个束手就擒的高人巧施诡计。
白天给了噪音和雾霾,黑夜给了爱情和疼痛。

早起的灰喜鹊,会在早上的树林子里不管不顾地飞。
即使风来了,雨也来了。它们的飞还在持续。
它们的想法,一定比飞还重要。

当然,有些人,只有在树叶落地时才能现形。
有些光只在黑夜里,被猫头鹰看见。
有些气味,不是一下子就可以
从诗歌的躯体上散出。
是时候了,跟自己的胃
开始一场无人出局的博弈。

如同诗歌的脸上,写着老远的幸福与泪光。
无须在没有人的时候
高歌,或缄默。
久违的天空,被我画得风卷云舒。
就像我们劳动的双手,不争长,也不护短。
只在一个人的城堡,写下故乡和远方。

更多的火车要开进来

时间被挤进另一条街道,用旧的火车
驶入厂区最北边的广场。
等待一次体检,我来的时候,阳光从车顶上
转过身来
给水泥地面投下机房的阴影。
与我的影子,在两条铁轨间相互照应。

悬空的作业面,灵动的机器人,将一些看似
简单的事物连在一起。
让它们,成为一个强硬而庞大的整体。
追上亏欠我们的距离。
而不是裹在一张陌生的海报里
等着鲜花与赞美
一起袭来。在一个叫三桥的地方,我看见
太多的奇迹
就这样,被高于人类的手创造。
然后从一个人抵达另一个人
再从一个城市,抵达另一个城市。

更多的火车还会开进来,经过足够的调理

一个个鲜衣怒马,从我眼前的工厂快速驶出。
我忍不住内心的激动,就喊了一声。
我喊它们停下来,让更多的时间
把我从动车的某一个车站,某一节车厢
带给另一个更大的车站。
还有跟我一起握手言好的诗歌兄弟,也毫无保留地
带给它们。

故事从动车开始

一个故事沉睡得太久了,我不忍心去惊扰它。
还有那个工于心计的女人
与一列火车在晚清有着怎样的约定
不是我所能关心的。
在唐山,我要看一列动车,是如何
从劫后的荒地上,重新站起来。
站成伟岸的雕像,令人仰目的
一张工业金名片。

步入厂区,朴素的工作装,车间与机床。
按照之前设置好的程序,向我敞开
隐藏在海量芯片中的一小部分秘密。
除了惊叹,再也找不出一个更好的词
表达我此刻的心境。

那些被我默念过的数字与陌生人,被复兴号
从近处运往远方
无缘面见,一列动车从受孕到分娩的全过程。
所以,我的庚子年夏天,过得飞快,一些出其不意的相遇
成为史上传奇,频繁地出现在故事的开篇
低调而务实。

磁悬浮火车让我飞起来

让一列火车飞起来,并不容易。
在大陆之边,无以名状的海风吹进来
阳光下的青岛,就多了一些与重不同的轻。
在我与它之间,一辆磁悬浮列车
以时速600公里的快
把夏天逼到一个仄小的角落里。
看着它,就想从地上飞起来。

穿工作服的四方,让我看见一些
陌生的符号,在操作盘的眼睛里
改写着我们自己。
有一张脸,不无美意地,刷开两边的电子屏。
瞬间让我于网络的海洋中沦陷
不敢高声说一句话。

一个十足的门外汉,机缘巧合。
让我侥幸看见了
世界上最快的列车,我和它有过一次近距离接触
就不由得会忘记一些陈年的旧事。
眼前的一切,像老中医开出的药方,没几个人看懂

只有潦草的汉字,尚可辨认。

海风会马不停蹄地吹进来,吹过屋顶和广场。
青岛的四方,雨很大,大到我
看不见海上的楼盘。
甚至,都看不见自己的脸。
但我能看见一辆磁悬浮列车,不停地敲打
延误的航班。
它们的分歧可以忽略,不会让我失望。

高铁带来的好时光

被一列高铁所吸引,我差一点
失去一个诗人
应有的想象力与节奏感。
在湘江的某一段,遇上一些时常被
幸福光顾的人
从厂区的大楼里走出来,指认那些明亮的事物
和被我们
反复谈论的好时光。

更多的悬念,被一列复兴号一并带走。
它们的速度,比我的心跳要快一些。
来到株洲,我就是一个有福的人。
那些叫不上名字的工业零部件,它们有超乎
鲁班的精美与雅致。
等着我这个写诗的北方人大醉一场
并聆听它们的另类陈述。
从车体一侧,透过来的光
填平了我与大地之间,不可调和的裂痕。
我知道,这并不太难。
当然,也不会太过容易。

我刚刚结识的电子半导体，齿轮与电机。
它们所拥有的一切，与不断打卡的方向感
成为一个大时代必不可少的细节，语调和关键词
值得我用一首诗来安慰。
并真心接纳，它们给我带来的速度与激情。

我们走在积水之上

我们走在积水之上,谁将一句话掉在地上。
一句还在嘴里。
这样的雨,好像下了很久:
谁还会来到我们中间,左顾右盼。

不忍心看春去春回,燕子飞在积水之上。
也不忍心,看春眠的人衣衫单薄。
整整一个春天,她都把长发盘起又散开。

停在路边,或者像风一样
经过一个熟悉的门牌号码。
平淡的午后,就会增添些许伤感与华发。

她把春天比作小草,够不着高大的围墙。
她还选择了大树,登高而呼。
像一把号角,吹醒了夜里孤单的劲草。

使人想家的日子,去了哪里?
在古城的雪地上,有一匹好马正经过南门
有一个人,她怀抱铜镜,要把我怨恨。

再次来到这里,忙碌的鸟们一起飞走。
传说中的妖怪,我的女王。
我们走在积水之上。
一万个春天,在她的领地上自由绽放。

身上的尘埃

抖掉身上的尘埃,就是抖掉了光环和荣耀
抖掉了黑夜。
这样的时刻,能听见自己内心的歌
比什么都重要。
抖掉流水在指尖上的疼痛。
这样的时刻,书写的激情会四处泛滥。

放下手中的毛笔,去城南散步
能看见清脆的虫鸣在草尖上打嗝。
这样的时刻,阳光如同被烧红的烙铁
将我们起皱的心情熨平。

或者,与时间有关的画面
出现在此刻,我看见空气也要发生
一些细微的变化。
我看见忙碌的诗人,在货币深处
接近完美的俗身。

然而,那些会飞的鸟,在人类的屋檐上
啄去粮食的鸟,会唱歌的鸟

将我们收藏在花瓶中的雨水吸干的鸟。
它们从哪里来,又去了哪里?

这样的时刻,我站在大地之上
抖不掉脸上的苍茫。
我看见一路上失血的羊,如遍地梨花。
我在阳光中飘忽,看见白色的风
在更远的大地上,面目可憎。

所有的努力

所有的努力,如同一只蚂蚁的理想
在斜阳下晃动和奔跑。
它们行走在虚构的世界里
恰似几朵云找不到宽大的天空。

我靠近它们,陌生的风呼啸而过。
它们不是在天空中舞蹈
就是在黄昏的旷野上横卧,并领略
一派豪气扑面的挽留与赞美。

噢,思乡的幽曲在草上浮荡。
劳作的人们红光满面,犹如岩石在扩张。
何时才能把我们的脐带解下,与死亡
并存的颂歌
献给天上的神明。

那些疼痛的印记,和飘移不定的羊群
看不见失散的亲人,它们在呼喊啊
它们在北方草原上奔跑。
还把来自河流上游的长调,随意安放。

所有的努力，饱受了沙石的伤害。
如同一些熟悉的名字，从刀锋上闪过时
注定要暗藏祸心。
我不能靠近，也不能转身离开。
它们的外表如此温良，还透出星辰的光芒。
以至于，把一生的等待轻易错过。

被一滴水围困

被一滴水围困,想要挣脱它
柔软的压迫,多么艰难。
想要在这个杂乱的世上,活出个人样。
少了比一滴水还要
强大的洪流,多么孤单。

就算是一只猛兽,想要穿过一滴水
比穿过一座废弃的城堡,还要困难。
即使是一个盲人,想要在一滴水的包围下
重见天日。
比登天还难。

被一滴水围困的,不只是人心
还有比人心更为宽大的苍茫。
想在一滴水的围城里,遇上一个
心怀敞亮的人。
比跟自己的影子去约会,还要艰难。

被一滴水困住,一根细微的发丝
无法挣脱。

忍住一生的伤痛,切不可闻风而动。
即使要轻装上阵,也得来一场虚张声势。
甚至看上去,还有那么
一点小小的自不量力。

一滴水的想法,是神秘的
它比我们的想象还要复杂。
即使它救不了一场大火,也不能救活
一棵行将枯死的庄稼。
但被一滴水包围,足以坐享
大地深处汹涌而来的幸福。

他 们

三十年前,我把生活写成了诗。
他们说我过于保守,过于浮浅。
他们还说我的诗,像我的方言,过于陕北。

三十年后,他们把诗写成了生活。
甚至比生活还低。
他们说这样的玩法才叫先锋。
才对得起诗人这个名号。

二十年前,风马牛不相及的各路传闻。
被我揉搓成一本线装杂志。
而且奇货可居。
他们说,你看看,一个诗人怎么能办好一本刊物。

二十年后,他们把精品店里稀少的食粮。
糟践得五零二落。
他们还说,这样的摆布才叫新潮,才叫向美向善。

十年前,我把什么碑呀帖呀视为束缚。
所有的书写率性而为,风华自在。

他们嗤笑:这哪是书法,分明是文人耍怪。

十年后,他们把书法写成了碑帖。
还堂而皇之地拜了一个混混为师。
不仅获了大奖。
还挤进书协弄了个一官半职。

一年前,我开始不在乎外面的风呀雨呀,谁真谁假。
我就是一个半老汉,耳聋,眼花,苟且地活着。
他们说,你看看,诗人也有老实的时候。

一年后,他们在微信上五马长枪,忽悠个没完。
他们还说自己是高人,不会去惊扰四邻。
也不会伤及无辜。

那我就暂且信他们一回吧,国王也有衰老的时候。
大家终归要挤在一条道上,去一个地方。
一起化为尘烟。
我又何必在乎:他们。

不屑一顾

不屑一顾的谎花,是细碎的,也是
毫无道理可言的。
好似一朵云,高不过蚊子的天空。
但能高过吟诵的浅水,也能高过宣纸上的墨痕。

即使再给我十万支画笔,我都无法
画出山水的浩荡。
相信一块石头吧,它会说出自己的想法。
即使杂树生花,云影低回。
即使一个诗人,要把自己的诗歌交给未来。
身居低处的小草,也不会因此而把自己献给荒凉。

过惯了的苦日子,还要熬过多少个春秋。
才能怀抱清风,从头来过。
即使不能轻松地活着,也要尽一个男人的本分。
不屑一顾地写下:耕云种月,诗书遣怀。

我不曾放弃的青春

我不曾放弃的青春,在我的脸上,如同过眼的云烟。
使出浑身解数,都找不回早年的江湖。
如同失而复得的家书,我已不在乎绵软的秀才之手。
如何去翻动那些陈年旧事。

我不曾茂盛的风华,如同一件乐器被束之高阁。
我急切打开的记忆,多少被忽略的细节历历在目。
多少誓言,铭刻于心。
多少带电的歌唱,被时间的潮水覆盖。

我不曾放弃的青春,被多少功名的利剑耗尽了激情。
如同一个落水的难民,放弃了对全世界的敌意。
被风吹散了的春天,不再关心一个人渐行渐远的背影。

我不曾苍白的须发,经历了多少的风吹雨打。
如同天上飘荡的风筝,即使有一万个理由可以忘记飞翔。
也无法忘记一根绳子的纠缠。

我不曾虚度的时光,往返于城乡之间。
多少难以理清的命运,被一只无形的大手牵着。

多少高调的狂欢。
难以挽回曾经的万水千山。

我不曾放弃的年华,悄然开放于风暴来临之前。
我不曾记住的生活,如火如荼。
我对诗歌的热爱,得益于一次意外的伤害。

我不曾放弃的青春,如诗,如画。
如我痛快逍遥的书法。
如我多年主编的一本杂志,信史可鉴。
多少难以放下或避开的人生,在苍茫的人世间。
成了夜行者指路的灯塔。

我在大白天梦见了自己

我们活在虚浮之上,不把自己的亲人遗忘。
也不把明天的太阳握在手里。
那些流浪的时光,并非我们想要的一切。
没有人会出现在我们身边,说出一个人的秘史。

那些够不着的天高云淡,落在风头上。
我看见一个写诗的英雄,策马而归。
我还看见,他歇在史书上,挥手之间
就翻过早年的北山。
饱满的额头,也会长出一些高低不一的汉字。

到了薅草除莠的日子,凉快的风不翼而飞。
被晒干的秋天,像一个人端坐在白云深处。
流火的身子,摇晃着,要把风声看紧。
传说中的村庄,也打马去了远方。
像我曾经的诗篇,更像我写在大地上的庄稼
豪迈而任性。

比一次意外的相遇还要意外,我在大白天
梦见了自己。

更像一次意外的投奔,无功而返。
我选择了沉默与怀想。
一点小小的历险,我把自己靠在向北的高墙。
并在墙上写下火焰和粮食。

如同一次意外的远行

如同一次意外的远行,我看见了大海
看见了低飞的海鸥。
如同一个人,在大海上看见了自己的前世。
我看见了一望无际的梦魇。

如同隔着深不见底的泪水,我看见了故乡
看见了被神呵护的绵羊,幸福而安详。
红色的山岗上,不断展开着腊月的风暴
我看见一个清醒的人,不想把故乡的冷与热一同带走。

如同一把麦粒,不经意逃出了夏天
不能在别人的土地上兴风作浪。
如同栗色的头发,不相信老去的时光
与头上的神明。
如同一滴水,离开了它的心脏。

如同一次白夜的密谋,因风而起的动乱
会把谎言的花瓣一片接一片摘下。
如同突然袭来的雾气,把尘世上的纷争
吹得七零八落。

如同一支火苗，不看好
成吨位堆积的火药。
如同被劫持的疤痕，难以抹掉陈年的旧梦。
如同我看见的故乡，无法再生长要死要活的
大豆和高粱。
只有杂乱的荒草，遮天蔽日。

我要赞美胡杨

在长安以西的大地上,一棵树会区别于另外一棵。
它们平静地站立着,松散地游走着。
彼此呼应着,谁也不输给谁。
它们是一群集体主义者呵,用风声诉说着各自的不同。

每一棵树至少有三片叶子,要落在三个不同的方向。
每一片叶子都是一张小嘴,要说出
丝绸之路的万种风情。
每一片叶子都是一个太阳,要唤醒四个奔波劳累的诗人。

如同平地而起的风暴,它们把大地吹起来
像纸屑一样飞起来。
我听见李白的吟诵
像月光从我耳边的风中呼啸而过。

在长安以西的大地上,我记起一些动人的故事。
小小的分别。
我想起旷世冷暖,就藏在这些无言的胡杨之间。

冬天的狂沙,只对一个人放纵。

想起一生中的每一天，西去的商女
就会把心中的灯熄灭。

我像一个需要救赎的孩子，尽最大的可能
把手伸向这片神秘的领地。
我会用十万雷霆，把我看见的胡杨热情地赞美。

看陈忠实文学馆

一些老照片挂在墙上,我看一眼就能说出
他们响亮的名字。
多年前的秋天,我和老陈一起工作
还编发过老陈的一首短诗。

这些老照片被岁月无端地放大。
写小说的那些年,老陈就住在白鹿原下。
有时晚饭后
会和妻子去田埂上拔齐腰荒草。
偶尔也会坐下来,给远方的青年回信
提醒后生们:文学依然神圣。

一些老照片已经十分模糊。
我不得不停下来,仔细打量那些笑着的脸庞。
许多人给过老陈帮助,也给过我关怀。
然而,他们相继走了,活着的也不再写。

在即将离开的时候,一幅精美的书法挂在墙角。
我看见了苏黄和老米。
毫无疑问,这是老陈最好的书法。

挂在文学馆的墙上
让我们走在比文学更为辽阔的远方。

我姓鲍

小时候,在陕北老家上学
老师上课前,要让同学们起立
开始唱《国际歌》。
我唱得十分卖力,尖尖的小嗓子
能把教室的窑顶震塌
而且,还老是跑调。

老师实在看不过眼了
就喊我停下,让别的同学唱。
我也不觉得委屈
因为,我知道有一个了不起的人
叫鲍狄埃
这首歌是他写的。
写得多好呀,全世界都在唱。

长大了,才知道春秋时有个人
叫鲍叔牙
就是管鲍之交的那个鲍。
他不仅人长得帅,品德还高
鲍姓因他而起

在往后的岁月里长得枝繁叶茂
不断向四方散开。
我就有一些小小的得意
一直放不下。

现在,我老了,在省城过着简单的生活
写字,画画,偶尔也会写一点歪诗
放在微信上晒一下。
那些老相识见面,也不叫我远村了
而是张口闭口,唤我老鲍。

我突然就想回去了,回到那个叫鲍家河的村庄
如果身体允许的话
我会在村小的院子里,扯开嗓门
再唱一遍《国际歌》。
这次,说啥都不能跑调了。

突然而至的雨水

突然而至的雨水,是一些不速之客。
让我们在白鹿原上,还未来得及
理清牛秀才的哀愁。
雨就先入为主地落下来了。

雨落在我们的头发上,像两个朝代突然相遇。
更像是一群心怀天下的诗人
在民国的白话里逃难。

突然而至的雨水,是草木的私语。
让我们在白鹿仓的小街上,兀自散开。
雨落在白鹿原很硬的晚风上
有一些凉意。
落在陈忠实的宽大的肩膀上,雨就不下了。

秋天里的雨水,有一些坠落。
落在传说已久的白鹿角上,就能长出好吃的樱桃。
让那些落单的诗人,无处可逃。

阳光村里的孩子

这些好孩子,在一个叫阳光的村子里成长。
他们被父母的过失抛弃了
就在别人的屋檐下,感受上天的悲悯。

在白鹿原上,他们相互照看着,在一个
小院里彼此抱着取暖。
望着村外的大道,一脸茫然。
这些苦孩子,是一群被幸福认领的羔羊。
他们在好心的阳光下,尖叫、撒欢。

这些孩子啊,在一个叫阳光的村子里玩耍。
在午后的教室里,听我为他们唱一首
老掉牙的陕北民歌。
他们同时竖起天真的耳朵。
东张西望,然后若有所思地看着我。

这些孩子,被诗歌所包围。
可他们并不知道,写诗的我也需要阳光来照耀。
更不知道这个叫白鹿原的地方
有个叫陈忠实的原下人,无数次来过。

有多少诗人没见过黄河

黄河从韩城边上流过,多少年了
安静得让人心慌。又有多少诗人
经得起风吹雨打。

一些颂歌,失去了轻佻的羽毛
像《诗经》里疾走的女子。
要尽最大的可能,亮出生命中的轻与重。

学会忘记些什么,多少年了
我们如同草木,黄河仍然在一个
叫韩城的地方流过。
安静得有些虚假,我们得用上几辈子的气力
才能记住这些尖叫与呐喊。

当然,在黄河边小声说话的样子
一定要记下。
从韩城到长安,有一个人注定
要跟我们分手。
多少内心的火焰,等待我们大声说出。

与司马迁的一次相遇

一个残缺的身体,在历史的暗尘中
平静地行走。
并时刻提醒自己
要干一件别人无法完成的事情。

他会平静地弹掉身上的灰尘,尽己所能
不放过一点蛛丝马迹。
一些意外的惊喜,会让他
忘掉一个男人的疼痛与自尊。

偶尔也会想想朝廷的事,想想那些圆滑的同僚
再想想远在他乡的苏武,守着孤羊残卷。
带病的身子
在深冬的北草地,冷得瑟瑟打战。

多年以后,一个叫忽必烈的匈奴后人
路过韩城时,感慨不已。
并在高山之巅上为他起墓立碑。

又过了很多年,一个叫远村的陕北人

途经此地
望着他的墓碑长跪不起。
如同拜倒在高处的星辰下,不老的黄河
一夜未眠。

今天,我们这些写诗的男女
客游到此。
那个伤残的太史,已经无力向我们说及往事。
只是安静地看着我们
弯着腰上山,又弓着背走下山。

多年以前

多年以前,一个外乡人,经过了长安的集市
看见一些细腰的蚊子,叮伤了许多过往的客人。
行色慌张的我,不知道该逃走,还是停下。

多年以前,一个伤感的人,经过了孤独的教堂
看见一个唱诗的老嬷嬷,身子在不停地摇晃。
整个空气中,开始弥漫着异样的味道。

多年以前,因诗而累的老远,也路过那个教堂
漆黑的大门紧闭着
无人看管的鸽子,像几片树叶,落在教堂入口的台阶上。
它们若无其事的样子
着实让一只失重的蒲公英,无所适从。

多年以前,我看见了传说中的胡杨,它不死的神话
早就被城里的天空遗忘。
那些身居高处的湛蓝呵,我一直将它们视为布衣。

多年以前,一个不善辞令的人,回到了诗歌身边
我该如何把她赞美,把她周围的山川河流

一同带走。
像一个顺手牵羊的人,偷偷地,离开大地的中央
离开空气
去谁也找不到的地方,安营扎寨。

画地为天

我是一个用毛笔画画的人,仅此而已。
我把一生的长与短,点与线,明与暗
从诗歌里拉出来,再把他们放进
那些神奇的色彩里。
让他们说笑,让他们毫无禁忌地奔跑。

我不敢说自己是个画家,我只是
用毛笔画画的人。
我一会儿在他乡,一会儿在居住地。
我的头发,已经白大于黑。
我的胃口,也大不如前。
我曾经写诗的灵巧之手,今夜就给了
那个画画的半老汉。
让他画地为天,让他飞起来。
让他在天之上撒点野。

我把自己也画进画里去了。我的头发,我的四肢。
还有我过于膨胀的欲火,也画进去了。
不要问我过得好不好。我的三国,我的水浒。
我的金瓶梅,我的红楼梦。

我的神雕侠侣,也都画进画里去了。

我是一个用毛笔画画的人,我就这点出息了。
我把一个人的大地,画成了众人的天空。
我想让更多的人飞起来,飞得越高越好。

过多的依存

幸福呵,她和我早年的诗句一样
美妙,饱满。
我不能领取,过多的依存,会迷失
那颗曾经沧海的心。
我能颂她,但我不能靠近她。

恰若一只幼小的蚊子,爱上了时间的大腿。
我认下了她,不知情地祈愿,远离了
坚实而康硬的
碎时光。

是呵,我能躲过天堂的邀请,也能放弃
地狱的大门。
它们的存在非我所愿。
倾力而为的博弈,还是选择了在大地上奔跑。

我所思念的旧时光

我所思念的旧时光,我不再将它视为至亲
而我身处异乡的神来之笔,若不名分文的老夫子
深居,浅出,低调地活在当下。

伪饰的内心,不再开启,恍若洗劫一空的岁月
渐次黯淡下来。
我被安详与恩赐,盛装以待。

我的低语,我美得无以复加的欲望之火
在高岗上舞蹈。
让我伤心,让我难过。

我手持一叶风荷,行进在诗歌的大地上
像孤儿,又像富翁。

她的美目

这里的树是翠绿的,这里的水是浅绿的。
当然,置身于某个上午,满世界的风也是绿色的。

我放下了这些比绿色还要谨慎的相遇。
它们的喜悦,接近于朱砂,或者赭石的颜色。
它们的分离,也有着难以调和的钛白的偏执。

这里的池塘也是绿色的,坐在池塘边
观荷的女子是绿色的。
她的美目,也是绿色的。
她的秀发,有一小块的绿,累累欲坠。

我无须在这里坐等,也不必用全部的沉默
让这些绿,一瞬间变得难以捉摸。
我对她们大声说:该去的去,该来的
就让她大胆地来吧。
我停在空气中的声音,也是绿色的。

简单的看见

简单的夏日,热气裹挟着真相。
在哪里呵,简单的矿物质
它内心藏着的毒品店,花色繁多。
要谁开口说话,它不在乎。

解衣疾走,被凉风吹打的胸膛
有时雷声大作。
患有静脉曲张的双腿,搅得满世界鬼哭狼嚎。
我像一个过时的英雄,被遗忘,被出卖。

在别人的好言相劝中,我再次复活。
我看见
夏天来到我们中间,不坐,不站。
而是依附在我们的身体上。
我们一开口说话,她就发笑。

无以为念的夏日

无以为念的夏日呀,我该如何把你遗忘。
如何逃离你。
我的睡眠给了汽笛,我的晨练给了鸟鸣。
我八小时以外的忙碌给了深不见底的众生。
我的夜色有水泥忍不住的热气。
我该把它赠予谁。

无以为念的夏日呀,我该如何把你赞美。
如何靠近你。
我的长发给了大风,我的五指给了水墨。
我行走尘世的双脚给了时光斑驳的街道。
我拿什么给你。

我的难以压迫的欲火,在旷野与宣纸之间游弋。
我的难以明辨,我的荒诞,我的梦呓。
有多少难以耗尽的烈火,才能献给渐行渐近的暮年。

我的无以为念的夏日呀,我不能接纳你的美意。
不能接纳你的全世界的热。
哎呀,我拿什么赠予你。

不可名状的心境

我的心境无以名状,我的喜好如水无形。
我赞过的歌,比星空还璀璨。
我曾经力挽的小美,再也说不出它的好与坏。

我无以言说的累,在我的诗里。
我无以申辩的怨,在我去年的画里。
我无以表白的苦呀,就藏在我今天的书法里。
它一言不发。

我难以信服的事实,我不再理它。
我曾崇拜的哲学家,回他的老家放羊。
而我不曾谋面的大师,整天在我的梦中写山画水。
我不去向他致敬,枉为性情中人。

我简单的心思无以名状,我想要出世的心气
难以释怀。
我中年以后的杯子,还能盛下多少人世间的纷争。
我不再留恋的午睡,无风,也无雨。

我要画一张脸

我要画一张脸，一次意外的出行中
突然闪过的一张脸。
一张名副其实的脸。

我要把一张脸画在 40℃的高温下。
我要让一张脸枝繁叶茂。
我会尽己所能，把一张脸画成一个传说。
一个悬念，一个长发及腰的神话。

如果我累了，不想画了，我就让自己停下来。
我把自己画成一截歌唱的木头。
站在一张脸看不见的阴凉里，或者就停在原地发呆。

如果我不画下一张脸，我苦心打理的天空
就会缺了那么一小块。
我的快乐，也会小于一只蚂蚁的快乐。

我要画下一张脸，一张类似于玫瑰
又被刻意放大的脸。
一张，一闪而过的脸。

沉醉其中

让我微合一双昏花的老眼,就一小会儿的幸福。
让我沉醉其中吧。
让我回到我的山岗上,不再王顾左右而言他。

让我跟这个夏天掰一掰手腕吧,不要以为
一个好男人
也会沦为弱不禁风的难民。

不要以为一个逃兵,就没有资格谈论自由。
就不会让诗歌的大厦,摇摇欲倾。
我走了,我回来,我的幸福谁能看见。
我向我自己,认领了一个小小的分别。

不要以为一个穷秀才,就不能拥有庞大的幸福。
我多年冷落的土地
也曾有过十万匹骏马,呼啸而过。

躲不过夏天闷热的加害,一个豪放的诗人
写下了一些简约的诗句。
自从迷上了写字画画,就开始抱怨
时间过得比流水还快。

别无所求

我当然要说,我会飞起来的。
我会在白天和黑夜之间明火执仗地飞。

我几次三番的飞呀,是一个人
对另一个人的幻想。
也是一座城对另一座城的抵达。

过于固执的飞,让我的体温时好时坏。
还让我的血黏度也在飙升。

是我轻看了这个夏天的热,
我的双腿,比铅还重。
我的飞呀,是一个房子,对另一个房子的向往。
我的飞,是一个无解的哑谜。

现在,我别无所求,我只想找一个
不凉不热的地方安顿自己。
早上担水,下午劈柴。
晚上,就抱着一弯新月,安然入睡。

无法说出的大热

我无法说出的大热,有多少
来势生猛的气浪,被流火追赶。
还有多少惨淡经营的诗句,也在一次
意外的追赶中险些散失。

离开这个火炉一样的城市吧,哪怕是一次
短暂而荒唐的缺席。
哪怕我还没有足够的能耐,画出人世间的惊涛骇浪。

我身上的水和盐所剩不多了。
我日渐虚脱的身子
再也经不住酷夏毫无节制的挥霍。

不要叫醒一只烈火中熟睡的豹子。
三伏天的热浪居高不下。
跟我的肺活量赛跑的豹子,千万不要叫醒它。

在混乱的时间里清醒地活着

好多年了,我都不曾,也不敢想象
一个诗人狠心一跳。
他身后留下的空白是个什么样子?
那些被放弃的质问,还有多少是真,多少是假。

那些被草和米包裹的岁月,可否重新来过?
好多年了,我都不敢在一个心力交瘁的人面前
赶走一个惊叹。
写下两句歪诗,一句给汨罗江,一句给渭河。

好多年了,只要撞上一江春水,我都不敢有半点邪念。
也不敢大声喧哗。
诗歌的围城之外,不能惊动一个姓屈的大夫。
他的名字,我们这些俗人不能说出。

好多年了,我都不敢,也不曾在深夜仰望星空。
写下《离骚》的那个人,没有走远。
他像一个老乞丐,多少家仇国恨已忘得所剩无几。
即使曾侯相邀,他也要装出一副受苦受难的样子。
在那个混乱的时间里,清醒地活着。

我曾热爱过的大师

我曾热爱过的大师,不请自来。
让我在雨水洗过的长安,觉得世界如此美好。
我曾熟读过的诗句,如影随形。
让我在雾霾掌控的天空下,以为生活有了盼头。

我曾拥有过的绿草地,一夜之间就变成了高楼。
让我患了多年的抑郁症,更加抑郁。

我曾迷恋过的阳光,多么通透。
如今,已经十分稀缺。
让我行走在地球边上,倍感落寞。

我曾相信过的幸福,音讯全无。
让我在狭窄的人群里,比谁都孤单。
我曾好过的春天,早已成了别人的风景。
让我在回家的路上,遇见小雪。

我曾放弃过的梦想,倏然卷土重来。
让我在天地之间,久醉不醒。
我曾热爱过的大师,不惜毁掉他们的

一世英名。

约好了，提诗来见。

我也会像王维一样，写字画画，闭门谢客。

一个人走了

一个人走了，不能带走他一生的修行。
但能留下他内心的火焰。
一个人走了，还能回来，还能用他当年的诗句。
喂饱后来的人。

一个人走了，不能带走自己的出生地。
但能留下他朝思暮念的祖籍。
一个人走了，还能回来，还能跟我们站在一起。
说道那些年的幸与不幸。

一个人走了，不能带走他的姓和名。
但能留下他热恋的故土。
一个人走了，还能回来，还能让他前世的清贫
肥一方薄田。

一个人走了，带不走他的亲人。
当然也带不走自己的敌人。但能留下
一生一世的悲悯。
一个人走了，还能回来，还能用他病弱的身子。
为天下的穷秀才，遮风挡雨。

一个人走了,不能带走一管磨秃的狼毫。
但能留下几卷上好的诗篇。
一个人走了,还能回来,还能让我们
在此刻,亲切地叫他子美,或少陵。

雨夜孤灯

写下这四个汉字,我就有些力不从心了。
告诉你吧,亲爱的朋友。
我就是一个低调的饮者。
一个局外人,想要离开人世间的烦恼。
老是对着自己的影子说:今夜要喝个烂醉。

我还要告诉你,一滴小雨。
也会打湿夜里的疼痛。
一盏灯想要照亮一张醉鬼的脸。
并不容易。
我那两只写诗的手,就像两只展开的翅膀。
在深秋的黑夜里,一只手接住雨。
另一只手还能接住一盏灯。

我就是一个饮者,雨夜的孤灯。
是我唯一的亲人。
我常对它大吼大叫,还将满肚子的委屈。
吐在它面前。
有时喝得大醉了,还把自己的诗念给它听。

现在,我必须要告诉你了。
亲爱的朋友。
我已是一个戒酒的人。
从高大的建筑走出来,神色可疑。
过于夸张的假面,吓跑了夜里的星星。
即使被一阵风吹走了。
也不会留下任何的蛛丝马迹。

如果春天不来

如果春天不来,你也不来,我就不会
被一朵花的香气灌醉了。
也就不会被长安的阳光叫醒了。
更不会在老崔的诗里,又多走了一回。
还要说出藏了多年的不可告人的秘密。

如果你不来,桃花也许不会开得花枝乱颤。
我也不会被温柔的风拉扯着,左右为难。
那颗饱受煎熬的心,也不会在风中拼命地绽放。

如果不是抬头见南山,低头见桃花。
我怎么能让自己变得六神无主。
如果不是朝也长安,暮也长安。
我又怎么能把自己的诗写得狼烟四起。

我不想再说什么了,既然早已心无旁骛。
再大的风,也会无功而返。
就这么平淡地活着吧,从一朵花
到另一朵花不会太远。
它们的欢乐与离苦,有多少被我写进诗里。

又有多少,被我勉强说出。

多少个春天,要在我们的谈笑间
时来时去。
它们带着唐诗的风,宋词的雨。
多少朵花,它们的快乐,要大于一首诗的未来。
但它们的宗教,比春天要小。

等雨的人

对一场雨的渴望，不要太急，太急了
就会事与愿违。
就会让立秋之后的舒坦多一些危险。
也会让一个等雨的人，被凉风吹乱的头发
变得更为狂野。

一场雨，想要落下来，就要放下
不为所动的执念。
就要不在乎一场雨，它从什么样的天空落下来。
也不在乎，这场雨落下来
它会砸在谁的头上。

对一场雨的渴望，由来已久
比离乱的等待还要漫长。
一个等雨的人，就索性停下来，把受伤的前半生
放进自己的手心里，独自孤赏。

一场雨，想要落下来，不必太久
太久了，它就会把高处的风险视为末路。
就会让一个等雨的人，看见眼前的尘世乏善可陈。

夏天以后

这个烦人的夏天总算走远了,有多少
劳心的煎熬
也会烟消云散。
又有多少费力的活路,难以放弃。

我要说服自己,把已经败落的花捡起来。
我要好好地看着她们相互争吵。
让她们把细语留住。
让她们的香气能够淹没一座城市的荒芜。

就算我能让更多的花躲过一劫,让她们
在众人面前快活。
或者开放一次。
告诉她们,不要辜负一个,刚刚从夏天的
灼热下脱险的诗人。
我的诗句,就是她们不小心泄漏的机密。

如果可以,我还想让夏天也开放一次。
我把唐古拉的雪偷一些给她。
再把南极大陆的冰也拿一些,让她不要烧得太快。

太快了,我们就有些受不了。
就会像今年的夏天一样难过。
我的头发,也要把热浪中飘过的花瓣给点着了。

整个夏天,我就是一团被燃烧的火。
好在,夏天已经走远了。
剩下的时光
我就不用着急上火了。
我会把以后的日子过得慢一些,再慢一些。

轻如飞尘

如果我不识人间的香菜与藕,先我而在的
植物园谁会光顾。
舌尖上的乱世和肠道里的霾,肯定是
为一个诗人备下的夜宴。
如果我不去,秋天就只剩下无人分担的伤感。
我就剩下了我。

不要大步靠近一座水电站的黄昏与清晨。
不要写下比黄昏和清晨还要惊心的别离。
面对生活的碎片,我用一支湖笔
写下了有所为,有所不为。

前世的火柴,马不停蹄地赶往遥远的毡房。
给我带来长安的书信,边塞诗,和一个胡姬的妖。
我一下子就变小了,小到连自己都看不见了。

噢,不要为我忧心啊,前世的火柴
是为今生的我准备的。
我的苍茫,我的孤独,我的心有余悸。
会在燃烧的火焰上轻如飞尘。

不着一词

不着一词的狂奔是虚构的,就像
不值一提的沙尘暴是徒劳的。
我在非虚构的花之上,含笑为佛。
不顾一切的怀想,就像一张没有设防的大网。
心存恶意的贩夫,是力所不及的黑。

坐地如花,如泣,如诉,像一个盲人
想要丈量宇宙的浩大。
不气馁,不张狂,像一只小小的萤火虫。
想要靠自己的飞翔,甩掉身后跟踪而来的大神。

我不能阻止将要变冷的秋天,我要把
远方的河流追问。
如果我不能同时跨过两条河,那我就索性一条
都不去招惹它。
我就原地不动,看秋风吹着上帝的花瓶
在我们的黄昏低吟,在水面上动。

放大的伤悲

打开一扇门,不小心
放进一个谢顶的大盗来。
内敛的诗人,比信使的跟班还要轻。
一转身,窗台上的绿萝就甩出她的长发。
地上的水墨画还不太干。
摆在案上的诗集,落着厚厚的一层微尘。
谢顶的大盗,被我的一张画感动得泣不成声。

说一句寒山,浑身就有些不自在了,就走在
纸里的石子路上。
看上去有点像姓杜的小牧,那么悠闲,那么不知深浅。
还有一点比枫叶还红的霜挂在老脸上。

在石头被吹下山之前,我先去找高处的风。
跟它说说去年的事情。
说被吹下山之前,我是一只
逃之夭夭的蚂蚱。
秋后的日子,是一些下沉的被放大的伤悲。

相对于大地

相对于大地,我的天空是红与黄都无法
遮蔽的深渊。
它毫无准备地坚守。
相对于时间,我会是大地之上唯一的孤儿。
被忙乱的萤火碰见,我又是
黑暗中突然升起的星辰。

相对于恒星,我会以流水的方式
存在着。
不经意说出的距离感,让我的坚守分文不值。
我的奔波,是大气对海啸的吹拂与赞美。

相对于海啸,我的赞美是一个简单的腹语。
如果我愿意,只要妙手一挥
就能让沙化的人心,长出一片绝世的森林。

诗 人

诗人呵,体面的颂歌由上帝来安排。
我们靠近,我们相见。
我们的低语,远不及一只羊,可以
回到无人能及的高岗。
可以听见风。

诗人呵,左手写字,右手画画。
我们把唱诗的嗓子收起来,把北风吹乱的头发
弄得更乱。
然后大声对上帝说,诗人,这些可怜的孩子。
不要三缄其口。
所有的诗歌,都是要找回做人的一小点快乐。
就一小点,已经足够。

冬天的背影

我要向一个冬天的背影说,给你一首诗
暖暖身子吧。
哪怕是一首不冷不热的诗也好。
这个季节总是一会儿凉,一会儿热。

我要向变化无常的风,也说上一句话。
我说,给你一首诗润润嗓子吧。
哪怕是一首似是而非的诗也好。
这个冬天的影子,总是早上在西,下午在东。

我要向一个诗人的背影说,给你一片树叶吧。
哪怕是一片来历不明的叶子也好。
你看它多么不幸,多么无辜,多么轻。

冬天说来就来了,我不想被别人的生活打扰。
我只想对一个城市的背影说,给你一个世界
暖暖身子吧。
哪怕是一个素颜无欺的世界也好。
这个冬天的人,一会儿多,一会儿少。

虚名之累

一张又一张脸,被放大,被缩小。
又被无端地放在礼堂的显眼处。
他们口若悬河,他们心不在焉。
他们的面孔,因为妙语乱溅而有些扭曲。
他们的头发,有些力不从心。

一张又一张脸,被高看,被低睨。
又被诚意吆赶至展览馆大厅。
他们若有所思,他们虚以点赞。
他们的肩膀,因为小美的几句甜言而抖颤。
他们的神色,有些急促不安。

一张又一张脸,被热捧,被冷落。
又被好心人拉扯过斑马线。
他们的腿脚,因为汽笛的几声尖叫而失态。
他们的表情,恍若隔世。

我认识的画家

我认识的画家,被幸福追赶得东倒西歪。
快乐的画笔,被一只无形之手留在村庄上。
想要飞起来的欲火,高不过玉米,高粱和槐花的香。
她精心养大的山水,少了当年的豪气。
她曾迷恋的小抒情,与城市边上的送别诗首尾呼应。

我认识的画家,守着幽兰的灰暗。
带不走野百合仅有的空明。
多年冷清的山路,给了山羊,甘草和酸曲中的慢。
午后的菜地,说出一只虫子的慌。

我认识的画家,把影子留在夏天的村庄上。
她把炊烟画成了流水,把天空画成火焰。
然后把自己,画成一个蜂农,面向一片荒地
开始了一天的忙碌。

我认识的画家,因为虚名而活成了沉闷。
内心的辽阔,被一只低飞的倦鸟看见。
她画下的风景,住着我从前的左邻与右舍。

我认识的画家,带着省城的浮华
回到人烟稀少的乡下。
把多年攒下的柔情,给了晚风与晨霭。

不小心碰落的一颗星

文森特,被你不小心碰落的一颗星
跟我有一些过节。
被你画过的一颗星,它在你我之间来回走动。
它们的美,你能看见可我不能说出。
那么多的蓝,被你调遣
被你安放在高处。
我只有仰起头,才能跟它说话。

告诉你吧,文森特,被弄伤的手指
不能画下你的孤单。
被你反复张扬的棕色头发
虽然很酷,但我不喜欢它。
我爱你脚下的麦田,爱你教堂之上的蓝。
爱你不管不顾的一小块恶。
我要无所不能的上帝,把爱还给你。
让你快乐,让你幸福,让你在阿尔的阳光里
错成一个坏孩子。

和你挤在一起,把多余的蓝藏起来。
我们是兄弟,是莫逆之交。

在蓝色的星空下，远离虚伪与欺诈。
告诉你吧，文森特
我多么想，一个人住进教堂。
为你忏悔，为你赶走不知所以的失败。

被上帝错爱的坏孩子

被上帝错爱的坏孩子,面色幽暗。
要历经多少苦,才能回来。
文森特,不要把蓝色的好,藏起来。
不要让一颗无辜的心,因等待而变软。
要善待一切向上的女人。
她们的苦,小小的伤害,不足为据。
她们是海伦,是西施。

她们众口一词,她们的星空
摆满了安宁与无畏。
我的赞美,简单,粗暴,讥讽里不止苍白。
她们的浅笑,乏善可陈。
噢,文森特,被上帝错爱的坏孩子。
心底多么良善,多么光芒骤起。
在赶往花市的路上遭遇了碰瓷,谎言和迷尘。
她们的孤单,非我所愿。
她们的欧罗巴,是一个蓝孩子嘴里的蜜糖。
被唾弃的时光,在劫难逃。
因为那些错误的纠缠,荒废了一生
依旧任性而傲慢,且不知悔改。

自画像

在上帝打盹之前,收集些人间的麦芒。
噢,文森特,请伸出强而有力的手
扑灭迎风而起的大火。
一个陌生的闯入者,手持一柄大刈镰。
在阳光下,收割金色的火焰
燃烧的麦浪。
忧郁的画家,是一只被上帝遗忘的羔羊。
卷起他棕色的短发
在一眼望不到头的麦地上,任性裸奔。

文森特,一个患自闭症的人,惦记着
远在城里的女人。
画下了一张又一张自画像。
要在美人回来之前,在阿尔的麦地上
瘦成一个无依无靠的孤儿。
有时会在教堂的大门外,喝得烂醉。

把自己放纵一下是可以的

就算一个人走了,又回来
站在旷野上的树,是不会在意的。
噢,塞尚,我画画的兄弟
我这么叫你,你不会嗔怪我吧!
就在昨天,我偷偷地把凡·高和高更称为兄弟。
我实在是太喜欢他们了。
他们的风景,他们的自画像
他们意气风发的样子,都令我着迷。
你也如此啊,反正我们相隔太远
这么叫,你也听不见。

站在树后面的屋子,和屋子里
孤单的影子是不会在意的。
噢,塞尚,你有一位爱你的父亲。
他爱你,差一点让世上多了一个
失败的银行家
少了一个杰出的画家。
你走了,你回来。
你的任性,打败了屈从。
你在一滴水里复活,在一片叶子上

自由地舞蹈。
在我眼里,你是为自由和爱而生的
也是为幸福能守住秘密的。
今夜,我学着你的样子,甩一甩长发
挽一挽衣袖
在去天堂的路上,放纵一回。
我想,你是不会在意的。
就像一滴水回来,又要离开
身后吹过的风,是不会在意的。

高调的质疑

幸福的画家,留在幸福的孤岛上
单纯,粗放,唯美的嘴唇
向上发问:我们是谁?
我们从何处来,我们向何处去?
这个高调的质疑,深藏着关怀。
不是出自一个理性的大脑,而是被
一个画画的人轻易说出。

一个帮过凡·高的富人,一个印象派另类
一个,看上去有点瘦弱的高更兄弟
看见他的画,就是看见他弃之不顾的法兰西。
我为他鸣不平,为他写下一首心疼的诗。
我要把他的后花园,他的高墙
他的溪流与屋顶都画下来,细心照料。
再选择一个明澈的午后
都还给他。

我要他活得自在,活得无忧,无虑。
回到巴黎,就是回到他的伤心地,回到
向西而泣的塔希提

就会跟噩梦抱在一起。

我的天才，我画画的高更兄弟
把祥和与安宁写进诗里，画在纸上。
但我无法把谎言和赞美送给他。
我有多么无奈，多么小气。
多么怕他不原谅我，偷偷地学了他那么多。

易碎的美人

被一大片草木包围着,是一个诗人
难以忘怀的前世。
也是他的来生。
他的难以看清楚的当下。

树后的屋子里住着一个读诗成瘾的美人。
她从北方归来。
她身上的草香味,引来了骏马和公羊。
她的美呀,让全天下的百灵鸟
都停止了歌唱。
久违的诗人,仿佛一列驶过菜地的火车。
被风带起的旧时光
被她弄得叮当作响。

我不得不质问自己。
是否真的看见了火车
从身边驶过。
是否要独自承受,一场突如其来的变故。
是否在一场变故之后
还能记住一个易碎的美人。

我的挣扎已无大用,铺天盖地的草木席卷而来。
让我于幸福的泥泞之中,难以自拔。

我的春天

不要让一根发丝给绊倒了,不要让我的春天
被一只蚊子给弄疼了。
多少年了,我们的春天貌美如花。
我们的快乐,高不过庭上的一滴露水。

我不能守护在我的左右。我的春天过于弱小。
我的远离,难以挽回一个人的暗伤。
但我的欢乐,要比春天还意味绵长。

不要让一点细雨就吓倒了,不要让我的春天
被一朵花的世界给压住了。
多少年了,我们的诗歌风起花落。
我们的春天呀,住着一个落难的王。
我们的幸福,大不过十万个春天的汪洋。

给多事的春天让出一块空地

什么都别说了,就这样,给多事的春天
让出一块空地。
让那些心怀天下的人,有个安身的地方。

不再去想一些不自在的事。今年这个春天
多么艰难,窗外长满了
从大唐飞回来的桃花。
多么美的桃花,我都不敢大声说话。
多少年了,我们要在脸上看花,白纸上画天。
要用写诗的秀才之手
把回暖的花蕾收起来。
让它们待在诗里,什么时候高兴了
再让它盛开。

望着那些要开未开的桃花,就是望着
一群丰润、简洁和幸福的句子。
望着年少时,暗恋过的美人。

多少年了,那些自由的人,她们从哪里来
又去了哪里?

她们的春天,会不会被抢光?会不会
趁我们读诗的时候
突然走远。

什么也别说了,就这样吧,心上的
草在疯长,渐渐地,就看不见那些被追赶着的人了。
好好的春天,一旦经过,就回不去了。
就活成了一个只有天空,却没有大地的
异乡人。

我要回来

我要回来,早上的尘埃
就落在我的出发地。
跟我说起一首诗被写在脸上的悲哀。
或者在半路上,我跟一片过度疲劳的叶子
有过短暂的交集。
我小声跟它说:我要回来。
我的胃生病了,里面装满了陈年的菜蔬与铁。
我不想看它受难的样子,更不想
自己的才华在无聊中沉没。
我要回来。
剩下来的时间,我会被一些花草的惊叫声
从中年叫到暮年。
一直叫到我听不见她叫我的一瞬间。

内心的安宁

一些叫不上名字的花草,远不如诗人的水墨
更为珍贵。
更有秋葵的能量。
是该找回失去已久的一些紫藤与马兰
让她们穿上夜行衣,在广阔的山水间自由飞翔。

不必过多地在意那些颜料的想法
也无须让她们英雄相惜,在我的麻纸上登堂入室
还要为所欲为。
一些连虚名都忘不掉的过客,不会看好
一朵花内心的安宁。

我不会在意太多,我就老老实实做一个
谨言慎行的花农吧。
在一朵花的照应下,活得忙碌一些,简单一些
再忘我一些。

纸的声音

让一片碎纸屑的声音,接近
夏天的幽暗。
外面的玉兰花,此刻开得人心涣散。
轻衣简出的诗人,献上了好看的虎牙。
还把满地的轻和重
都泼在一本尚未干透的画册上。
像无法自主的青莲,要让某个人的夏天
在墨渍上沦陷。
我的心事在碎纸上花姿绰约。
不愿说出的快感,从早上持续到夜晚。
一直高烧不退。
含混其词的画面上,多了几个南瓜与北葵。
一只会飞的鱼,是八大山人的专利。
我就不再夺人之美了。
我把一块展翅欲飞的小石头捡起来,扔在
一枝月季的石榴裙下。
我要看着他们相爱,缠绵。
还要提神静气,找一块平坦之地落款。
我笔下的世界多么美好,仿佛一个懵懂的过客。

夏天的收信人

夏天是夏天的信使,也是夏天的收件人。
它能说出来去无踪的风声,也能说出
骇人听闻的小道消息。
夏天是深不见底的水井,也是贪得无厌的小吏。
夏天不与乌鸦争一粒面包,更不会去
抢夺一个稚子的座椅。

夏天最爱,跟自己较劲。
像个不听话的小孩子。
夏天比一朵鸢尾花的悲伤要大。
它在人间的劳作,一丝不苟。

其实夏天,不是夏天的恩人,也不是
夏天的仇家。
夏天是我的伯乐,我的红颜知己。
她能说出我的书法
比米芾疯癫
但没有怀素那么张狂。

被阳光扶着

对着一面形同虚设的高墙说,如果我愿意
我会在春天点豆,秋天收获一地凉风。
我还对着墙外的护城河大声说,我看见了
一个好人的悲剧。

看看那些苦焦的愁容吧!
画画的诗人被阳光扶着。经过城市的斑马线
他的身子
突然矮了一截。
他的右手在风中不停地比画着,他想说什么。
他能说什么,他的衣服宽大得要飞起来。

再看看我自己,无言以对。
硕大的城门洞里,住着我二十多年的清苦与浪漫。
如果我愿意,就取走一些疼痛,一些暗伤
一些比钢铁
还要坚硬的兄弟情谊。
或者撤离,或者在雁塔以北,继续着单调与乏味。

无奈的诗人

我就怕别人
叫我诗人。
告诉你吧,我忠实的朋友。
我是一个不务正业的诗人。
自从迷上了写字画画,就把自己的天空
给了花鸟与山水。

我还能有多少时间,去品味
另一个世界的快乐与伤悲。
我的头发,被西安的风吹得慌乱无助。
一个老实人,漂泊多年。
偶尔找不着北,也在情理之中。
抱着几本书,像抱着几个一路风尘的自己。
我的样子,沉重而彷徨。
书画里的艰难,比起尘世上的那些无奈
更加漫无边际。

我要靠近一条河庞大的身躯

我要靠近一条河,一条从北方流过
被我视而不见的河。
我要靠近它庞大的身躯,我要跟着它
一起在烈焰中咆哮。
从一个闪失到另一个闪失,记住了
不断重复的错误。

这条河被我写进诗里,画在画中。
我要靠近它苍茫的苦难。
我要放下一些骚客的小抒情。
顺从它安排。
我要听它在暗夜里发出挣扎的呐喊。
我将拿一些好日子,与它并肩坐在北方的河岸上。
听它说一些陈年旧事。

我要靠近一条河,一条被我视为神明
又出没于凡界的大河。
两张陌生的笑脸,相互照耀,又让我
在一箭之外的空白处停下来
持刀相向。
尘世上的万物,十有八九,比我还孤独。

我多么想说一声

将一个人的旅程,看得格外轻微。
不是因为我厌恶人间的苟且。
而是因为我有一颗仁者之心。

我走在夜色焦虑的大地上,被一些
尖厉的削铁声警醒。
我看见久违的诗歌,双手抱头,生怕
劈面而来的美色伤了风骨。
我知道梦已散去,爱情的琐碎不必再提。

我会一个人,带着自己的故土出行。
我会对每一个劫后余生,说一声你好。
如果因为你我之间隔着残阳,世界没有回应。
我还会大声说,兄弟你好。

对于一条河,我不会抱太多的幻想

如果可以,我会还原一切,比如噩梦
比如灾难。
比如突如其来的生死别离。
我是不会在乎宵小之徒的,就当是上帝
派他们来向我请安。
我以佛的大度笑纳了一切。

此刻,我不想停下来,如果停下来
我就会被什么东西伤着了。
有些日子,看不见一条大河了。
它被我想成了一个吝啬的人。
一个把自己放在高处,不能取回来,做一个
堂堂正正的人。

如果可以,我不会因为怕风把自己裹起来。
比如伤痛,比如抚慰。
比如出手大方的挫败。
对于一条河,我不会抱太多的幻想。
遇见和错过没有什么不同。
我会以一个过路者的心态,坦然面对。

我是最小的一粒水珠

这样也挺好的,一个气虚力乏的中年人
也学会了在一条大河面前低头。
眼看着从远方席卷而来的烈火,突然改变了方向。
以鹰的姿势,呼啸而下。
我不得不将它拦住,我在干什么
我能干什么。

是啊,我的力气太小了,小到连我都不能
号准自己的脉象。
如果我不能阻止一场风暴,如果
我只是一个见证者。
我看见一条大河在某个午后断崖式坠落
而我却无能为力。
我只是,一粒无足轻重的小水珠。

被救上岸的失足者

谁是最后一个被救上岸的失足者。
我的神啊,请你不要有所隐瞒。
不要让信赖你的人,有说不完的苦。
你要宽恕一个无知的人。
你是无所不能的,你无所不在。
受你惠泽的草木是有福的。

此时此刻,那么多的水,它们唱着黄河之歌。
滚滚而来,又滔滔而下。
它们的肉体与岩石相撞,它们
要经历一次生死考验。
我的神啊,请你不要有所厌烦。
请你睁开无上的慧眼。
你要怜惜它们,给它们以活路。
拯救它们于无妄之灾。
你的恩德将永世传颂。
被解救的落难者,它们又要加入更大的洪流。
难以改变奔波的命运。

我能读懂你的快乐

我能读懂你的快乐,从我画画的某一刻开始。
我就是你密友,你的小伙伴。
你的不小心摔出去的,一根会唱诗的肋骨。

我躲在不远处,尽量不去打扰你的浩荡。
你的奔放,你的一泻千里。
我就这样幸福地望着你,拿出一支油画笔
想要画出你身体里潜伏的魔法师。

我会拉着你的手,做一个
不折不扣的赞美者。
我会画出你突然长大的欲火。
你的神秘,你的无量。
我是一个盲目的闯入者,来不及发声
就被卷入时间的黑洞。
读着你的快乐,难以脱身。

我要画出我无边的落寞

我已画下一些飞流,天空那么蓝。
河水黄得惊人。
我是一个迟到的行者。
神啊,请不要让我失望,不要让我的冒失
毁了你一世的英明。
不要责怪那些爱你的人。
要相信盗火者,不要让一朵浪花伤了你的清白。
神啊,我要多么努力,才能够得着
一朵云的丰盈。
我要有多大的付出,才能挽回你的光焰。
才能躲开你的暗影。

我要继续画下去,直到画出你的疼痛。
画出你的无法挽回。
神啊,如果你不放弃。
我还要画出一块绕不过去的砂石。
画出我自己。
神啊,相信这一切吧。
有你的佑护,我还要打入壶口的内部。
在来年的记事本上,画出我无边的落寞。

醒来的不安

因为我过于善良,世界不再美好。
在大河的拐弯处,我看见高原的
肩膀上
放着褐黄色的惆怅。
我举起的画笔,难以放下,难以放在
它应该放的地方。
我多么小气,多么难堪。

我想了一辈子的糊涂账,被一条河轻易点破。
那么宽大的河床,要把远方赶来的沉沙
安顿在我的故乡。
我不画下它,就愧对养育我的天地和亲人。

既然我已来到了一条河的岸边,我就不在乎
是形势险恶,还是失身落水。
一个跟自己较真的人。
面对时间的错乱,要画出大地深处
醒来的不安。

看上去一点也不过分

想要离开眼前的事物，不去理会尘世的苍生。
它们的苦难，谁来解救。
它们期待已久的世界，被一条大河搅得天昏地暗。
如果没有足够的肚量，就无法将一条巨蟒一口吞下。
这样的抉择，这样的遭遇。
想要靠近它，看上去一点也不过分。

想要擦去它高调的嘶喊，没有想象的那么容易。
这些黄色的河水，被岩石挤压着，不发出凄厉的叫声。
如果没有足够的准备，我无法应对仓皇而来的变故。
如此坚硬的石头，也会不堪重负。

来到这个世界上，没有足够的耐心，我不会靠近这些石头。
它们有宽大的獠牙，尖利的嗓子，会唱出洪荒之歌。
等待一个人来倾听，或者一群人。
包括它们会飞的翅膀，也要在秦晋之间的大河上。
疯得浊浪滔天。

我就这么无趣地站着

像一颗心落入忧伤,一把伞落入泥泞。
我不愿劫持的凄婉,经历了无数次风吹日晒后。
要绕过河边的时光。
落入一片惶恐。

我不介怀的抱怨,与一条河有过一些分歧。
我不会在意它们的过去。
我不会站在阳光的对立面,将人间万象,看得一无是处。
我就这么无趣地站着。
像一个被冷落的使者,把自己所爱无几的诗篇。
献给一无所有的河神。

像一颗星,迟早要落入大河,我苦苦守着的大秦岭。
一不小心,就会逃得了无痕迹。
我在壶口边画下的惊涛,今夜,就送给
一个能经得住大起大落的人。

我在等待一个时机

我在等待一个时机，一个足以让繁华落尽
时光倒流的大好时机。
我会打开掌上的天空。
让右军为我展开宣纸，摩诘为我研磨。
太白为我吟出一首诗的芬芳。
我会在他们的王国里，写下奇怪的树木
画出凄美的流水。
如果可以，我还会把钤印这样的小事
交给东坡居士来完成。

如果这样，我就有一些张狂了。
这样的场面，不是我想要的结果。
一条大河，养活了那么多高贵的星辰。
还把我这颗小星星也喂大。
我的骨子里，早就盘踞着十万头猛兽。
随时准备出发。
如果这样，我就不必在乎一个人的
来生与去路。

我在等待一个机会，一个让我画出

大河的白天与黑夜

还能相安无事的绝好机会。

我会画出人间的大爱。

画出一个人的无畏。

如果这样,我会画出天堂和地狱。

我会告诫子美,天地浩大,人本凡尘。

一间茅屋破就破了吧,何必放在心上。

我不能给你太多

世界那么大,没有我,就不能把一条河
画在快乐的天地间。
就不能画出它内心的宽厚与博大。
如果这样,就不能画出一条河的新伤与旧病。
当然也就画不出,它普度众生的大恩大德。

我要和这个世界保持距离,让一条河
回答我藏了多年的质疑。
我画画的手,不能被滚烫的欲念伤害。
不能三心二意。
不能迫于壶口的吸引力,束手待毙。

如果没有我,世界再大也是荒芜。
没有我,就不能让一条河回到它原来的方向。
就不能把幸福画在心上。
更不能带着它,回到故乡。
我会画出河神的样子,让它跟我一起说出人间的万福。
我会听从它的安排,奉行它的旨意。
与它相伴。
如果这样,我就不能给你太多。

我是一个有福的人

我是一个有福的人,黄河从我身边经过。
壶口跟我有过多次交集。
我画下它十三张不同的面孔。
就听到一个熟悉的声音,把我叫醒。
将我带到一片陌生的高地。
我听说有水了,就真的有水了,水在地上跑。
在我画出的石头上,水坐下来。
用千年不变的姿势看着我。

我听见有人说,你画下了一河之水,你是有福的。
一滴水的过去,现在,将来于我何其遥远。
但我画下了它的肉身,它的辞令。
画下它在一个人心中的多与少,强与弱。

我是一个有福的人,没有水的日子
世界会变得六神无主。
我画画的颜料会变成一盘散沙。
万物要经历灭顶之灾。
所以,我要画下黄河进入壶口时的疯狂。
我让它留在我身边。
跟我一起看人世间的地老天荒。

是金子总会发光

一块石头,不会把自己的未来
交给一个写诗的穷鬼。
不会背靠一座金山,望着两块面包心灰意冷。
一块石头,会把时间的方向改变。
只要我愿意,一块石头会掀开
它柔软的衣衫。
给我一块比蜜桃还完美的金子。
让我在它的光芒里,读书,写字,画画。

一个纸上谈兵的人,败给一块石头的秘籍。
所有的逃亡史,写着一个自负的人爱上了
乱世的姐妹。
不会让光阴虚度。
不会让心里藏着的美人儿,闪在半路上。
一块石头,不会让一个空谈的人
一夜之间就变成了富翁。
更不会让长满金子的南山,因为一个人
滔天的贪欲而撂荒。

金盆打烂分量在

我知道有些东西碎了,就无法复原。
比如幸福,比如时间。
比如一段刻骨铭心的爱情。
怎么挣扎,都不能把碎在地上的一桶水捡起来。
我知道,有些碎事不必放在心上。
就让它碎了吧。
碎了,就能获得安宁。

我知道有些东西碎了,就难以释怀。
比如金子,比如诗。
比如,被我们一再忽视的亲情与友爱。
我会一个人
去城里缓慢走动。
看一看住过的老街道,人过花落。
我知道,有一些人,一些事不必在乎
被一阵风打碎。
也不必在乎一个人的坚守,会被
心术不正的人攻破。
因为我知道,金盆烂了,分量还在。

惜墨如金的人

我是一个惜墨如金的人,这样挺好的。
我在一张宣纸上,画下南瓜,土豆,丝瓜
和变瘦的墨竹。
我给一张纸留下足够大的空白,任由山花与蜜蜂
在夏天的热浪中相互埋怨。
也不去蘸一滴墨,喂饱它们。

我将一滴墨的能力,看得过于强大。
我把一张宣纸给了小桥,流水,山林
和红尘虚掩的人间。
我的毛笔,在我手上。
要尽最大的可能,把七灾八难都画在
一张碎纸片上。

我是一个惜墨如金的人,对一片将要落地的月光
我不会给它太多。
惜墨如金是我的一个习惯。
我觉得这样挺好的。
好到一时半会儿,它还不能让我停下来。
让我画出一块响亮的金子。
画出一滴宿墨,突如其来的午后。

我要去另一个村庄

我要去另一个村庄,去另一个午后
看望另一个人。
我的急切,被另一个人觉察。
一个无关紧要的人。
他要我撤离,要我在村子的制高点
建造一个堡垒。

让他的思想,他的肉体,他孤苦一生的灵魂
在这里安息。
还要让他种了一辈子的庄稼,在这里布防。
以待不约而来的荒年。

不管我怎么劝,不管我怎么难为情。
他的眼里只有渴望,他看我的神色,过于慌乱。
比我看他的目光要暗
要更有说服力。

我去了另一个村庄,扔下一句
无关紧要的大话。
找到一个气味相投的人

我跟她一起读书，看花，写山，画水。
或者，在另一个午后
回到自己的村庄。
看一些艾蒿在阳光下长大。

我仰望的星空

我仰望的星空,欠我的太多。
我不期而遇的那个人
她的花蕊,被我珍藏。
她的红唇,她舒展的身体,被我放在
星辰之上。
她的媚笑,是一句错话。
被我写在地狱和天堂之间。

来不及闭合的星空,欠我太多。
我在乎的一颗星,照不到我的故乡。
我日思夜想的玫瑰园,了无生机。
我反复念叨的亲人呵,总是那么美。
那么让我心碎。

她宽大的前额,一闪而过。
我仰望的星空,少了一首诗的光芒,多么冷清。
接下来的日子,我还能指望谁。

那些逝去的岁月

那些逝去的岁月,多么欣慰
多么让人过得无病无灾。
不再耽于幻想,不再把一张宣纸的未来
看得过于沉重。

是时候了,来一次认真的告别,比如虚情
比如假意。
比如一个人在城下的应诺。

那些逝去的时光,留下一些劣迹。
它们不停地聒噪,与我无关。
不会败坏一个诗人的名声。
只能给历史留下一个极小的伤口。
也可能什么也没留下。
即便如此
我还是要说,一个好汉,他之所以名声在外。
就不会有太多的不堪。
被人惦记。
不会让心怀叵测的人,有机可乘。

那些逝去的岁月，多么美好，多么让人
心如飘风。
不再忙碌的庸人，不要妄自菲薄
也不要，过于低估善良的正大
耽于胡思乱想。

行文至此，我要告诫自己
做一个明白的好人其实不难
难的是一辈子做好人。
并对自己说
受难的日子，宽心而过。

世界是个大房子

世界是个大房子,我躲在黑暗的一角。
我也成了黑暗的一部分。
我在黑暗中,把眼泪擦干。
我出逃,我挣扎。
我的影子,比我要黑,比我率先到达
一个明澈的福地。

经历了一个世纪的离乱。
我的善良,我的谨言慎行,被不断涌来的黑包围。

我不曾想过的烈火,会突如其来
烧光了一个人的黑。
房子的外面,春光无限。
我的诗歌,把我欺骗,把我迷惑,把我一个人
丢在这世上不管不顾。

我的美德,又把我召唤。
我的灵魂在阳光下自由奔跑。
我的眼睛告诉我
世界是个大房子,我离它,只有一步之遥。

习惯是这样形成的

习惯是这样形成的,不要问我
还有什么高见。
面对生活,我就是一个色盲。
一个容易找不着北的人。

习惯了低头走路,抬起头看天
什么时候会掉下来。
会砸伤我几天前才认识的芳邻。

就这样吧,习惯了一些带病的日子
过得平淡无奇。
过得听之任之。
习惯了,不在乎
被孤立的滋味。

我只在乎,一阵风刮走了什么妖孽。
在一棵大树底下,几个讨债的人
简言浅行。
手上的念珠向我暗示着什么。

不要问我,此刻还有什么样的心事
要一吐为快。
告诉你吧,我已习惯了这样地活着。
就算是一只笨鸟
也会跟一个城市不断凋零的旧时光
结下一些善缘。
我习惯的慢生活,离我越来越远。

我该拿出什么样的春天

我的父呀,我该拿出什么样的春天
才能安抚你东张西望的暮年。
你的遗忘,你的一意孤行的衰老。
我该拿出什么样的孝心,才能扶住你
轰然而来的痴呆。
你的匪夷所思的傻笑。

我的父呀,我该拿出什么样的方言,才能说出
你沉闷的道情。
你的三弦,你的无人可及的秧歌。
我该拿出什么样的姿势,才能躲过你
身后巨大的荒凉。
你的被风吹散的忧伤小调。

我的父呀,我该拿出什么样的春天,才能
叫醒你黯然无趣的睡眠。
你的着急,你的呻唤,你的默不作声的仁爱。
我该拿出什么样的腔调,才能跟你一起高歌
我们的陕北。
我们的天下。

我们的桃花和杏花,我们满山遍野的庄稼和牛羊。

我的父呵,我该拿出什么样的春天
才能挽回你目空一切的孤傲。
你的豪迈,你的慈祥,你的不与人争的善良。
我该拿出什么样的前程,才能减轻你的病痛。
让你惊喜地站起来,独自享受
一个父亲的荣耀。

你是我心尖上的佛

我的父呀,你是我心尖上的佛。
我的空气和微尘。
我的父呀,你是我前半生的火焰,后半生的海水。
我无法面对的闪电。

我的父呀,你是我高处的灯盏,低处的水船。
是我能了百病的九曲道场。
我的父呀,你是我高大的粮仓,我的可以
化险为夷的神杖。
我的无所不在的英灵。

我的父呀,你是我骨石里的钙。
我开天辟地的盘古。
我的父呀,你是我的白昼和黑夜,我的前线和后方。
我的可以安享天年的城邦。

我的父呀,你是我今生的诗篇,来世的福报。
是我可以笑傲江湖的神明。
我的父呀,你是我头发上的社稷,我血液里的香火。
我的春天里,可以大是大非的万物。

我不能说出你的快乐

我的父呀,我不能说出你的快乐,你的世界
除了我给你的那些甜。
有多少是你要给我的,又有多少
是你将要给我的。
我的父呀,我不能说出你内心的那些苦。
那些昏睡的早上和午后。

我的父呀,我多么想跟你说话。
多么想让桃花为你红,杏花为你白。
多么想让我成为一面高墙。
多么想将困厄拒之墙外,还有疾病和衰老。
多么想跟你说,幸福是我的,也是你的。

我的父呀,我不能给你安康,不能给你
体贴入微的照顾。
不能给你一个健康的身体,也不能
给你太多昔日的美好回忆。
我的父呀,我多么想把最好的赞美读给你听。
多么想在喧闹的集市上,听你喊我的小名。

我的父呀,我多么想只身回到故乡,多么想
让你在乎我。
多么想让你把我抱在怀里。
哪怕是一小会儿的温暖,我都会高兴地四处炫耀。
我的父呀,我多么想拿走你
体内的病根。
多么想扶你站起来,跟你一起赶乘庙会的拉拉车。

我的父呀,我不能无视你老来的病痛。
我只能把你抱起来,给你喂下粮食和草药。
我不能把欠你的恩情还给你。
我只能服侍在身边,只能把尘世上最好的快乐给你。
我的父呀,我在为你祈祷,为你难过。

过年的想法

过年的想法由来已久,我要收起画笔。
把自己的得与失放进纸篓里。就这样
走在回家的路上。
我要跟我的城来一次告别。

我要回到年的身边,学着年的样子
我走在父母身边。
不再有丝毫孤单,对过年的渴望会越来越淡。
我在不知不觉中,总要与一些人擦肩而过。

除了过年,我还要写诗画画。
我的祖国比我繁忙。
我的粮仓,遍地开花。
我的父母,守着几辈人的故乡。
就是放不下年的余香和舌尖上的名望。

我不想与年抢风头,我会让年过得
简单而明亮。
我会竭尽可能,护着亲人,守住人子的福分。
我会在返城的路上,看见去年的风声
和今年的芳华。

立春的福分

我知道,春天迟早会被一只手立起来。
靠在建设路的东南角。
或者立在贾平凹文学艺术馆门前的草地上
也可能会放在展览大厅里。

我提笔上案,像一只报春鸟,写下
将要到来的春天与万福。
我使出一年的好运气,在红色的宣纸上
写下人间的大善。
写下一些看上去完美的绝句,以及一所大学
留给冬天里人心的温暖。

我和几个写字的先生,一起经历了
一个叫立春的节气。
等候春联的老教授们,排着长队
看着我们一个个挥笔自如
找出农历中,那些近乎神性的句子。

元旦的画展

我随口说出的一句话,被我视为醒世好言。
后来又成了一个画展的美名。
我在画展的前言,写下了四个其貌不扬的碎字:得意忘言。
我还在开幕式上说:"写字画画好玩。"

我是一个低调的过客,写字画画不仅好玩
还让我看见了一个男人的幸福。
今年的元旦,硬是把自己放纵了一回。
西京城里的高朋,如期而至。
他们的出现,足以让我的画展在元旦这一天变得异乎寻常。

那些挂在墙上的书画虽好,但可以忽略不计。
它们是一个写诗的半老汉
兴来而为的手艺。
看着它们,我就对曾经的乱石拍岸不再留恋。
甚至还有了一些莫名的生分。

我与书画的情分,固然不浅,也终会成为往事。
太多的美言来不及与太多的人分享,我的幸福感就会
大打折扣。
我知道以后的路,不一定比现在好走。

雨水的味道

雨水落进大地,让我惊奇,让我不安。
让我像一条错发的微信,被食指撤回。
雨水的味道,让我心累,让我这个多年在外的浪子
错过了回家的高铁。
错过亲人。
灯火里的大唐
被雨水洗过的迎春花,也要错过。

雨水落进大地,这一天,一个怀揣梦想的诗人
放弃了腹中的平平仄仄。
带上自己的一本书,去奔赴一场没有主角的灯会。
却被满大街的车,挡在了大唐不夜城之外。

落进大地的雨水,让我心动,让我坦然。
让我放弃了一部没有苦主的暗战片。
我微微发福的身子,匿伏在一个没有
太阳的雨天里。
经风见雨,低调行事。

不要把一张嘴惹急了

不要把一张嘴惹急了,不要把夏天的热
看得过于弱小。
不要把一个隐者的低,说成是
某某的心病。
不要在老天的伤口上撒盐。

不要把一张脸看歪了,不要把路过的风
看得无所作为。
不要把一个遗世的冷子,编排成
一个社区的模范。
不要在书局的苟且里自慰。

不要把一张脸给冷落了,不要把水泥的凉
看得异乎寻常。
不要把一个刀客的慢,说成是一个年代的传奇。
不要把尘封的往事篡改。

不要把一只脚伤重了,不要把通天的路
看得过于漫长。
不要把一个骑士的疯,说成是

一个人的灾难。

不要把一个人的嘴惹急了,不要把夏天的热看得一无是处。

如果一朵花谢了

如果一朵花谢了,但她把伤感留在了世上。
如果一滴墨,落在了一张报纸上,正好改变了
一条标题的风向。

如果一个人走过,把影子留在了大地上。
如果我就是一个影子,我也要从大地上走过。
如果一滴水,落在了一棵小树上,正好改变了
一片叶子的重量。

如果一个人走过,把一片叶子留在了后方。
如果后方的土地已经荒废,已经不能接纳一片叶子的
重负。

如果一声叹息,落在了一只脚印上,正好改变了一只
鞋子的深浅。
如果一个人走过,把快乐留在了路上。
如果一朵花谢了,我还能否把它看见。

被自己磨光了的石头

被土地幸坏了的庄稼,是一些长势任性的莠子。
它高出了秋天的发际,它忘乎所以的摇摆
招来了飞来的横祸。
它以自己的执念,完成了自己的修行。

被雨水沤坏了的橼头,一定是安在屋顶上的摆设。
它弄掉了经年的瓦当,还把燕子的新欢
惹得心急如焚。
它以自己的偏执,了却了自己的风烛残年。

被上帝都忘掉的坏人,我们就不要再提他的名和姓。
他活在这世上,就是为了欺诈天下,祸害友朋。
他带着谎言的身子招摇过市。
他以一己私利,写下了自己的暗淡。

被自己磨光了的石头,一定可以照见自己体内的妖孽。
自己的魔障,自己的困厄。
被自己的欲念喂大的野兽。
他以无量的坐化,完成了自己对往生的救赎。

一些伪词是可以放下的

一些伪词是可以放下的,就像一些
处心积虑的假装。
是可以让鬼怪现出原形的。
一笔纸上的浮华,可以让一些朽木
借尸还魂。

一些颂歌,也是可以放下的。
可以无视,可以赏玩。
可以把世上的万物放下,甚至放下
博爱和仁慈。

一些假面是可以放下的,就像一些
忘乎所以的骄横。
是可以让河流突然改向的。
也可以把弱不禁风的时光撕为碎屑。

一些甜言是可以放下的,就像一些
本性难移的奸猾。
是可以让君子饱受凌辱的。
一个心如止水的人,可以让一些美丽的隐忧
灰飞烟灭。

力不从心

想要理清一个人的纷乱,有多么艰难。
我的小歌,要在黑夜离开大地。

谁在拨弄大师的琴弦,想要看见一个人剩下的年华
还是有一点小小的麻烦。

想要看穿一个歌者的嘴脸,多么无奈。
我的好意,要被一个人歪曲。

谁在敲击高寺的木鱼,想要越过长江和黄河。
也就是一炷香的工夫。

想要化解一个乞丐的疼痛,多么心酸。
我的善良,要在热泪落下来时才被看见。

谁在压低草木的钟声,想要抱走一个瘦小的病人
还是有一点力不从心。

没有花在飞,也没有鸟在鸣

没有花在飞,也没有鸟在鸣。
只有夏天的风,跟着我,在一起小心地荡漾。
是山泉在歌唱,还是走散的头羊
想起了炊烟和故乡。
我想起了一望无际的自由与荒凉。

没有水在流,也没有风在叫。
只有夏天的色,跟着我,在一起争奇斗艳。
是雷电在闪耀,还是归来的孤雁
想起了细雨和彩虹。
我想起了一往无前的呵护与爱戴。

没有山在移,也没有树在动。
只有夏天的热,跟着我,在一起长袖善舞。
是石磨在低吟,还是打开的窗户
想起了清晨与傍晚。
我想起了一见如故的坦荡与纠结。

远一些,再远一些

我要黑夜,为我沉默,为我绝食。
为我画下一些带电的肉体。
它们活在高远的天空上。
我要众生,为我欢呼,为我疯狂。
我要一些不明来历的赞美,离我远一些
再远一些。

我要白天,为我多病,为我难过。
为我画下一些幸福的土豆和白菜。
它们长在苍茫的大地上。
我要草木,为我发芽,为我幸福成长。
我要一些似曾相识的暗光,离我远一些,再远一些。

我要浮华,为我隐匿,为我现身。
为我画下一些虚伪的大腿和乳房。
它们长在危险的大海上。
我要它们,为我高蹈,为我扬起长发。
我要一些匪夷所思的龙卷风,离我远一些
再远一些。

我会沉默

我可能会沉默,也可能会喧哗,我天生
有一副硬汉的腰身。
我不会向天上的兀鹫称臣,也不可能向地上的
美妇讨要一块面包。
我只向店小二,要回了老家的一根红葱。

我可能会食欲大增,也可能会
面对一段往事,胃口全无。
我多年居住过的半间房,墙上的木钉子挂上了
另一个男人的衣物。
我多年形影不离的兄长,为了文学而累死他乡。
我可能会伤感,也可能会以沉默待之。

我实在是愧对一个好汉的英名,我曾翻过的城墙
是一个温良的庞然大物。
离开它,就是要放弃和一个朝代
争风吃醋。
我胡乱写下的几首诗,也在江湖上疯传。
我可能会高歌,也可能会凭栏。

我至今都不能说出的酸楚,还要留在一个破院子多久。
我经历过的人和事,就让另一个人
替我再经历一遍。
我硬朗的身板,开始发福,
视力也大不如前。

我不能无视冬天

我不能无视冬天,就像不能轻看
坐吃山空的遗少。
为了一点小小的私欲,就把全世界的好
弃如敝屣。

我在冬天的后花园,碰上了
时间的姐妹。
我日夜操劳的心,难以承受一粒微尘的重压。

我是一个心气极高的人,为了一个
无法找到的邮件。
我把飘忽的幽灵,赶上西山,让他去牧羊。
并在他身后的空地上,种下玫瑰和格桑花。

我不能无视冬天,更不能小看
冬天里的慢生活。
我会让冬天里的好日子,过得简单,过得明澈。

我还在冬天学会了分身术。
我从四个不同的方向,回到了广场
回到大地的中央。

我看见一个无名的花农

我看见一个无名的花农,要在
民歌的前院种下罂粟。
还要在诗歌的后院搭起一个瓜架。
并在瓜架下,请来一个世外高人
跟他对弈,喝茶。

我还看见,一个过时的美人
在终南山下。
为我整理一块荒凉的麦地。
还在麦地的高处,活得像阵旋风。

我看见花农的身子骨,不再硬朗
不再无所事事。
他画里的柿树,好像比去年多结了几颗。
我还看见,他饱经风霜的手,推不开向南的窗户。
在一本线装书里,坐地如佛。

我不在乎

我不在乎冬天的长与短。
也不在乎,一个人对另一个人的冷与暖。
我像一只落伍的大雁
不在乎飞得高与低。
也不在乎,一阵风对另一阵风的强与弱。

我的自由,多年未取,就存放在我的诗歌里。
我不在乎,一首诗对另一首诗的褒与贬。
也不在乎一棵可以救命的稻草。
它在我的游历中,是断然出手
还是袖手旁观。

我不在乎内心的坚持,是一场小小的误会
还是无法改变的密谋。
那些劳心伤肺的呵护,有几分是真
几分是假。

我不在乎冬天的到来,是抵达,还是撤退。
我的书法和绘画,是我的彼岸
也是我的原乡。

就让我放松一小会儿吧

就让我放松一小会儿吧,让我弃城而去。
就让我把余生放在偏远的高地上。
就让我启开所有的窗子吧,让那些雨水和花香吹进来。
让我痛快地接受它们的抚摸吧。
就让我活出一个富饶的秋天吧,就让我看上去还不算太老。
就让我,还能说出内心对神的赞美。

就让我放松一会儿吧,让我抖一抖身上的尘埃,坐下来。
就让我把自由放在无边的苦海上。
就让我把自己的肉身忘记一小会儿吧,让那些
失聪的沙弥和哑唱都离开。
就让我跟这个世界不再起一丁点争执,就让我独自享用
一个人的幸福。

就让我暂时离开一小会儿吧,让我离开庞大的人群。
就让我把豪情放在辽阔的草原上。
就让我把自己的姓氏忘记一小会儿,让那些马粪和长调
抱紧我。
就让我回到先人的毡房,让我一个人
头枕着大漠小憩一会儿吧。
就让我在一只鹰的世界里,看见自己,比一阵风还要畅快。

我不会去赴一个无聊的晚宴

我不会去赴一个无聊的晚宴,就像我不在乎
一只落单的天鹅
会在杂草间低飞,还是在高空中翱翔。
就一个人吧,我要在外地的月光下写字画画。

我躲过了饥饿,就能把自己看成是一个
写诗的故人。
一个不小心犯下的错误。
一个来到这个世界上,注定是要被这个世界
所蚕食的奴隶。
我来了,我走了,我的诗歌孤独而幽暗。

我会放手一些人间的勾连,就像我不在乎一个
好人的诟病与谄媚。
就一个人吧,我在省城的午后吃下黄瓜和香菜。
我在众神离开的时候,写下一个城市的前世与今生。
写下人类的遗忘。

就一个人吧,我要在一个午睡后醒来。
案上的宣纸深不见底。
过了这个秋天,我是否还要写下一个男人的无趣与孤单。

我就是自己的一个陌生人

我就是自己的一个陌生人,我无法
取代我的浩瀚。
我在一个叫疏属的山上,向长安张望时
差一点说出舍我其谁的豪迈。

我就要被秦时的日头照疼了,一些不大熟识的
树木和花草。
它们不怀好意。
它们的长势稀松而乏力。
在疏属山上,我就是一个多余的人,一个
极易被伤害的人。

眼下的石板路窄得吓人,我被一个小学生
差点撞倒。
站在高山之上,我想起了那个叫扶苏的后生。
他的名字,跟我无关,但和一本史书上的阴谋
有一点纠缠。

我不会心生哀怨,我在时间的拐弯处
突发奇想。

如果我不来,如果天空的蓝,它蓝得不匪夷所思。
如果我不去见一个不存在的恩人。
不舍弃两个亲人。
剩下的事情就好办了,我就可以扬尘而去
直奔黄河边上一个叫吴堡的县城。

让我再上一次南山吧

就让秋风,吹走我脸上的苍茫。
就让我离开这座城市吧,让我活成
一个乞丐。
让我在秋天的宫殿外,被一个旧朝的遗老
轻易伤害。

就让我在秋天的苍茫里一无所获。
让我看见向南的一路繁华。
让我仰望稳坐南山的神灵。
让我张开自己的双臂,让我抱紧从远山上
吹来的一团妖娆。

就让我忘掉一些比孤独还大的惆怅。
让我一个人行走南山。
让我在南山上小憩一会儿,让我欣然接受
落叶的私语。

让我跟山坡上带露的小花亲近一些,让我跟自己
聊一聊去年的重阳
今年的无望。

让我成为一个简单的倾听者。

就让我安静地待上一小会儿吧,让我告别
这座城市的争吵。
让我在一次远行之后
停下来,在南山之上,想一想秋天的
辽阔与宁静。
让我活成一个快乐的守护者。

说一说这个秋天吧

说一说这个秋天吧,说一说这个
长不大的坏孩子。
说一说她精明的眉毛和下巴上的黑痣。
说一说她反复无常的媚笑。

说一说这个秋天吧,说一说我难以下咽的饥渴。
说一说这个秋天的热吧。
说一说这个秋天,落下的最后一块心病。

说一说秋天的人和事吧,说一说
被虚名所累的疲惫。
说一说层出不穷的秃顶,说一说秋天里房价的涨落。
再说一说,跑在摇号上学的路上
心里装着一肚子火,却隐忍不发的隔壁老王。

说一说秋天的落水狗,在光天化日下
被几只脏手殴打。
说一说这个秋天的堵吧。
说一说这个秋天,剩下的最后一个堡垒。
说一说,一只麻雀的口是心非。

一个飞贼的飞

一个飞贼的飞,让黑夜闪过一个人
难以抹平的慌乱
和不敢出手的严防与死守。
如同一张麻纸,经不住一阵呐喊的拍打。
是一个飞贼,就索性让自己
飞得快一些。
再飞得高一些。
飞出一只鹰的暗算,飞出人类的险境。
让自己的心,在夜里安睡。

一个飞贼的飞,让庭院里的风
不弄出一点声响。
不知情的高手。
如同一个谎言,经不起一个人的哄骗
就跪地求饶。
是一个飞贼,就不可能停下来。
就会飞得无所不能。
会让自己的飞,被一张嘴宣扬。
甚至,飞成了一个年代的暗器
让我们防不胜防。

不能说出

没有见过荷塘里的小尖角,就不能
说出一个人
对夏天有多么向往。
也不能说出,一个画者的远山近水。

没有见过老远的画,就不能把自己的修辞
带给古老的疏林与茅舍。
也不能唤醒,文字里藏着的幸与不幸。

没有见过楼兰的残纸,就不能说出一个人
对书法有多么深爱。
也不能说出,一个人的气定神闲。

没有读过老远的诗歌,就不能把
一个人的想象
写在一张碎纸片上。
也不能吵醒,纸上大小不一的幽灵。

李世民的另一种想法

王兄啊,你说得没错,偌大个世界
就我们两个人在争吵。
多么乏味。

那个年代,有我们,和无我们
都不重要。
重要的是那个位子是空的。
谁坐上去,谁在下面立着
大不一样。

王兄啊,你说得没错,错就错在
我们是兄弟。
错在我们前后来到了大唐。
我们的好坏,全让那些厚皮老脸的家伙们说中了。

王兄啊,今夜你就睡个安稳觉吧。
明天的早朝我就不去了。
那个叫张良的白衣人,还在汉朝的某个旮旯里
等着我下棋呢。

如果一个人穿上豺狼的外衣

如果一个人穿上豺狼的外衣,就可以吓退
来犯的敌人。
就可以保住一根救命的稻草。
如果一个人放下项上的傲骨,就可以换回短暂的安宁。
就可以躲进后宫,搂着一江春水
逍遥快活。

如果一个人赤裸着自己的身体,被树下的猴子
视为兄弟,就可以躲过人世的苦难。
如果一个人放弃红尘中的不舍,就可以把一生
分成不同的季节。
就可以忙时插秧,闲来看花。

如果一个人出卖了自己的余粮,被自己的对手
卡住了脖子。就可以绝处逢生
就可以拿出自己的底气,可以大声说出
好男儿不相信眼泪。

如果一个人穿上了人的外衣,就可以
无视豺狼的劣迹。
就可以在任何年代,过上一个人的干净生活。

那些被我写坏的宣纸

那些被我顺手扔掉的废宣纸，它多么无辜。
它在不确定的秋天里会被雨淋，被风吹。
被一些心存敌意的人踩踏。

那些被我写坏的宣纸，被我丢进右手边的纸篓里。
它有多么无奈。
被一些好事者怀疑，被查证。
又被我急促的咳嗽声叫醒。
它舔着自己的伤口
像被遗弃的小麻雀，盯着外面的世界惊恐不安。

那些被我写坏的宣纸，被我不小心写下的几个别字
多么显眼。
它形色乖张，被长着虎牙的小吏偷偷收藏。
又被一个粗糙的清洁工，叠成抹布的形状。
擦去一面大墙上傲慢的病句。

不说出一闪而过的生死之约

诗歌走在荒路上，很快会被一条河遗忘。
就像吹了多年的沙尘，遇上一个品行端正的人
会云消雾散。
一条庞大的河，它要经历多少次困厄
才能尽失浮华。才能像一只温顺的羊子
跟在时光的后面
欲哭无泪。

更像一个神秘的高人，把乾坤之间的万物
说得一无是处。
与其在暗流中等待，还不如撕几块白云
坐在高山之上。
看大河两岸的草木，听着诗歌的号子
呼啸而过。

情急之下的颂歌，无法丈量一只巨大的脚印。
所以，我小声告诫自己。
不要轻易相信一条河诱人的样子。
即使机缘巧合，意外得到了通灵之书
也不能说出一条大河，它内心深处暗藏的秘密。
就像不说出一闪而过的生死之约。

两条合而为一的鱼

两条合而为一的鱼,就活在我心爱的高原上。
把人世间的每一扇命门打开。
让我想起了多年以后,一个人对另一个世界
说过的一句话。
一个手势,一个难以挽回的赞美。

一个因诗受累的人,被一条河左右。
又被它弃于青蒿疯长的河岸上。
风声吃紧的午后
会给我一些暗示,让我在一个巨大的太极图前
相信了什么是因果。
什么叫命。

两条合而为一的鱼,带着各自的故乡。
活在一个叫乾坤湾的地方。
它们互为彼此。
它们把天地间的万物视为无,或者视为有。
还把我对一条河的想象还给我,让我在尘世的忙碌里
成为最后一个会说母语的人。

一条河心怀远大的嘹亮

蓝色的天空注定要喜欢上一条奔腾的大河。
而我只爱一闪而过的流云。
雨后的长安,我写下了异乡的寂寥。
除了我,没有谁会画下一条河眼底的血丝和脸上的皱纹。

又到了清汤寡水的午后,我的肤色
与一条大河惊人地相似。
我在为上午的虚度自责。
我的诗歌,还不是我的亲人
它只是我快乐的一部分。
我的故乡,不经意就换上了秋天的盛装。
我难以割舍的山水,回到我跟前。
我一直想要的好时光,给我送来了一条河
心怀远大的嘹亮。

我曾画过的云朵,飘过湛蓝色的天空。
就在我的身后停下来。
我熟悉的大河,为我备下了贫穷与富有。
还给我画出地老天荒。
让我在一个叫乾坤湾的地方,画下一个人难以填平的
伤口。

我欠他们一顿小酒（组诗）

王羲之

早年的王羲之，酒后爱写文章。
醒来一脸的迷茫。
他说，关于书法
就是邀几个说得来的人，一起喝酒。
不能喝高，尽兴即好。
偶尔也有例外，比如永和九年的
那场醉
醉得不轻，才有了《兰亭序》
这个千古一帖。

晚年王羲之，酒喝得少了。
还说，坦腹装醉，也仅此一回。
都是年少轻狂，一桩好端端的婚事
差一点让自己给毁了。
想起来，不免好笑。
他还说，年纪大了
就想邀几个老人，回会稽看看。
实在走不动了，就大醉一场。

至于书法,都在一个醉字里了
不提也罢。

颜真卿

窗外一枝杏花开了,接着是玉兰花。
把一杯米酒斟满
递给写诗的颜真卿。
这是胡闹第二年,谁都没有想到
春天会来得这么快,这么悄无声息。
鲁公不免有些伤悲
继而仰天长啸,把一杯酒喝干。

花香依旧,天下却乱了。
半张麻纸,找不到一张安静的书桌。
一肚子的委屈
埋在心里很久了,无人可诉。
坏消息还是来了,救驾的季明侄儿
在半路上,被叛军所杀。

长兄下落不明。
颜家的天,瞬间塌了一大块。

他悲愤交加,一会儿老泪纵横。
一会儿,抱着一坛老酒
醉得东倒西歪。一支磨秃的狼毫
写下一身酒气的《祭侄文稿》。
见过的人,都说老颜的字
比二王狂傲。
至于文稿的句子,少有人说起。

苏　轼

一个人,如果不小心活低了
就得按低的来。
比如这个叫苏轼的半老汉
坐在小酒馆里,一个人喝闷酒。
喝着喝着,就躺在黄州的
落叶上睡着了。

如果不是倒春寒,把人冷醒了
他是不会烧叶煮酒的。
忽然想起,来黄州的日子不短了。
就乘着酒劲
在寒食这一天
写了一首潦倒的诗,一笔下去
整个大宋就傻眼了。
原来这个官二代,不仅诗好
书法也十分了得。

后来的事,大家都知道了。
《寒食帖》被几个边缘化的酸文人
吹上了天。
再后来,这个自称苏子的人
官职一低再低
一直低到了南海边。
幸好有酒,晚年才过得可圈可点。

米 芾

不能再等了，一定要让他有个好的前程。
找到一个体贴的人
给他研墨。
张狂，不是他的软肋。
他要在一个人的秋天，拜石为佛。
实在太累了
就疯狂填词，作诗。
一个人在凉亭下酗酒。
不把整个大宋，放在眼里。

写字和画画，是他向圣人讨个说法。
但后来的人过于认真了
对他的疯言疯语，百般疼爱。
"诗是一个陷阱，人始终是疯子。"
他喜欢从这些潮湿的句子中
漾出来的脂粉气。
妙不可言，嘉木不在院里。

美人留在后街上,男女之间的那点事
不提也罢,一提,好像整个人就要垮了。
现在,他只拿出自己的书法
犯上作乱。
想讨一个好的彩头。
一句话,打翻了一船的人。
再给自己一个机会
让四平八稳的汉字都动起来。
让它们呼风唤雨。
"这不是它们的错,因为守成的纠结
总归会大于失范。"

徐　渭

画画的人在南方晒太阳。
狸猫睡在他怀里。
风落了一地。
又是一个人的春天,乍暖还寒。
我们的文长兄,好像还没有

从悲愤中醒来。

坏消息接二连三,向他碾压过来。
他实在撑不住了
就把自己心里的黑都抖出来。
也不在乎别人
怎么看。
经过长江边时,他把
那些不怀好意的灾星统统都赶下水。

好像并不如意,苦难是一剂良药。
磨炼也是。
被家人抛弃的日子
他酒量见长。
谁让他才高八斗,墨分五色?
春天,在游雁荡山时又多喝了几杯。
那些被他爱过的花草
下山以后,不知去向。

耽搁的时间太久了

要听他说话,实在太难。
他的故事,过于杂乱,一些出自谣传
另一些来自酒劲。
还有一些是书法,他每画完一幅山水
就会在右上角落下长款。
但他的粗放
被一根青藤打回了原形。

黄庭坚

黄山谷是一个心高气傲的人
他说起草书来
一点都不含糊。他说:草书之妙,
唯张长史,僧怀素和余三人耳。
我觉得也是。到了他出场,大宋的
社会面基本上风平浪静。
许多人对于危险
不再有所警惕。小文青们更是
不知天高地厚。

摸不着碎瓦,心中有多怕。
就连大当家的,都沉迷于书法
把字写得又细又长。

时间就这样,被他们放走。
黄山谷是个异数,也难免俗。
越来越多的唱和与点赞,拉近了
他与书法之间的距离。
中途在苏子门前停过一会儿。
到了晚年,还有不少人拿这个说项。
那又怎样?一滴墨落在宣纸上
就能和光同尘,就能让一部书法史
黯然失色。

酒是少不了的,不喝个底朝天
就这么散去了,多么可笑。
当那些瘦弱的汉字扶着向北的边墙
勉强站起来,像是在跟自己
做最后的告别。
只有一个人,回应了他的无助。

赵孟頫

北上的子昂,不知深浅。
半路上丢下几个穷亲戚
只顾着自己去享福。
遗失了一些细软,在北方的风沙
击打下,又遗失了一些傲气。
快到大都的那些日子,整夜无眠
又失去了一些光芒,感觉此行是在流放
而不是要去飞黄腾达。
那两个先他而至的读书人,立于危堂
想必就是他未谋面的恩人
在等着他就范。

几年前的子昂,不仅画画得好
书法也十分了得。
一觉醒来,天说变就变了
偏安一隅的亲人们,不知去向。
许多围着他转的人,忙于奔命
急着要与他划清界限。

好在他就要北上了,就能回到
祖先发迹的故地,看一看
哪怕是逗留一会儿,对他而言
都有说不出的好,让他沸腾。
只是有一事不明,如果可以
他想问一问古人:为什么
偌大个王朝说垮就垮了?让他们流落蛮荒。
忍受潮湿与瘴气,苟且临安
为什么临安也丢了?

现在,他走在向北的路上,若有所思。
"我心已安,水波不兴
当我推开一扇窗户,外人会把另一扇
也从外面打开"
这样想着,他轻松了许多
就跳出了自己的包围圈。
除了公干
他一次又一次接近书法。
换另一只眼看世界,一切都是那么新奇
那么无可挑剔。

到了晚年,子昂对自己的一生
有所胆寒,也有所收敛。
原来他珍惜的那些人都走了。
所谓书法
不过是一把雨伞,避开了一个人
不必要的漂泊。

董其昌

我误解过的人,不是别人
正是眼前这位玄宰兄。
他善书,会画,能诗文。
整个大明朝说他是第二,没有一个人敢称自己是第一。
也就是说,只要时间容许
只要我愿意,总是能在这个冬天遇见他。
被他的才华所吸引
而收敛自己。

比如他有一句话,是说给我听的

之后被别人反复引用。比如
"晋人书取韵,唐人书取法,宋人书取意"
这个事关书法的句子,出自他的尊口。
即使多年以后,还有不少人不顾世风
日下,而生硬照搬。
或显摆于广众,或散见于文论。
都不会脸红。
至于绘画,玄宰兄用情更深。
没留下只言片语
让我能探出其中的奥秘。

至于诗歌,他挥洒自如,想什么时候
写下来
就能写下来。
一个不争的事实,真的是我误会他了。
他无法选择自己,只能被动成为一个好演员
什么时候出场,什么时候隐退
只等待一个机会。
一个文弱书生,浪迹江湖四十多年
三进三退,而毫发无损。

不能不说是一个奇迹
令我对生活,不敢再有任何苟求。

何绍基

当我打开一本毛边书
我的冬天因为一个叫子贞的人到来
而稍有不适。
"那些从他的笔尖掉下来的汉字
多么累,让我望而生畏。"
每一个字都那么轻,那么谨慎
从我眼前的书案上飞起来。

我看见那些生动的文字
蚕头燕尾,它们被子贞安排成这样
并不奇怪,因为他的世界
除了书法,还有
比书法更为庞大的宦海压着他
稍有松懈,就会万劫不复。

而曲高和寡的书法
只选择老实人。

那些无伤大雅的外卷,留给别人去承担
他只负责云帆高挂。
这与潇洒无关,只与一个人的选择
有那么一点,小小的勾连。
那么多人不得要领,只学皮毛
只有他知其深浅,视其为
漫漫长夜里的一盏明灯。
他坐看云起。
虽然飞来的困厄,千头万绪。
唯有书法,才可以引领一个没有方向感的人
走出困境。

一个豪气外泄的人

好兄弟,没有一个人,不是靠五谷杂粮
喂大的。所谓大块吃肉,大碗喝酒,只是
一些无路可走的好汉,执意要享的快活。
在巨野,即使让宋江开口说话,也不一定能说清
一个仁字放在兄弟之前,有多么美妙!
至少,它会缩小我们之间隐形的距离。虽然黑李逵
又回到山上,与不相干的人比画,合影
刷抖音,聊天。但不在场的嫌疑,还是让我们
不知该用什么样的口气,跟他寒暄。
一个自称是琴戏的传承人的文艺男,在聚义厅下
在石桌上弹唱,仿佛一个肩负王命的坐探。
瞬间能将我们的软肋抓住,在毫无发觉的情形下
给我们背后一刀。我知道这是不可能的
这是在巨野,是水泊梁山,它不可能代替一个诗人
与不真实的叙事和解,更不可能被自己招安。
所以,我们可以大胆地跟着一个豪气外泄的人
叫一声:仁兄弟。他只需应答,不要回头
看我们一眼继续向高处行走,我们悬着的心
就放下了。这样的场景,在另一个时间段的
另一个地方,我们见过。

我是我自己的梁山

一个上字,在我的眼前晃动很久了,这个并不
重要。重要的是它与梁山结盟,就有了另一层意思。
如果再让一个叫逼的动词,与它们密谋,交好
天下一定是不太平了。兄弟有难,如果我们不救
还能指望谁?好在,从长安出发,我们做好了
不上去的打算。日子好过,而失散的旧年代,不知
翻了多少遍。实在翻不动了,就有一个不成熟的想法
找几个不安生的老哥们,去梁山上遛遛腿。不为别的
只为一把宋朝的雨伞,体会一下什么是风雨飘摇。
至于那些江湖的事,不提也罢,就让它们相忘于江湖。
至于兄弟,有酒肉,还有琴瑟,还有让我们
寝食难安的诗歌,还有,偶尔说及的那些年,我们共同
暗恋过的女明星开怀大笑。不期然,我们
来到梁山脚下。水浒里的水,虽少,但它被提携
成为我们的一部分,抑或成为整个夏天的一部分
帮我们干掉体内的炉火。此刻,我们彼此搀扶
准备上山,一堵墙像一条站立起来的路,竖在我们面前。

与一粒沙子亲切交谈

这些低调的,在东营的荒滩留住诗性的罗布麻
是我的远亲。我能从它们的发梢,目测出
高于海平面的血压有多高,它们的存在,使我的身体
必然要承担一定程度的风险。比如,一只白鹳的方向
需要由氧气来支撑,才能指引它飞得更高。而我只选择
一个中年人应有的克制,作为旁观者,没有在
黄河入海口与一粒沙子亲切交谈,安静地看着它们和
游客惺惺揖别。比如,一河之水被大海所接纳,又被
地平线上的小植物留住。惊讶,失语,疾鸣,这样
自语式的表达更接近药性。再比如,我咽下的旧时光
有罗布麻的气味,它们像一群牛虻,带着邪恶的嘴脸
找寻一个肥硕的肉食者,因此,它们的执着,险些
给这个颓败的世界堵上漏洞。这些低调的清道夫
一般人不会发现,只能被我们的慧眼看见,并赋予
它们草本的属性,和奇妙的药理。唯其如此,我们
在人世间,临水而立才会心安理得,才能,不去
跟眼前的句子,谈论黄河与大海的深浅,存在的
荒芜感,与无意义。正如合而为一的先验性
在此处,被反复证明。无论它有多么平淡与无趣
如果在入海口,一切生死的隐喻,都不值得我们信赖。

多么异样

东营的黄河滩,长着两棵树,一棵是红柳
而我叫它沙柳。
(我的家乡,老辈人都这么叫)
另一棵,只有走近它,才能看清它
本来的面目。
它们在一起,高举着水雾一样的光阴
让我的到来,恍惚是一个人
刻意设计好的上午茶。
一只白鹭,准时出现,它在我前方的
雾气上,一闪而过。
给我的视野,留下一小块
难以还原的空白。
没多久,白鹭又出现在另一个现场
以另一种方式,弥补了一棵树与天空之间
仅剩的裂缝。
这是多么异样的遇见啊,我退在画面之外
翻阅自己关于雾柳的记忆。
(是的,我小声叫了一声沙柳
而不是红柳)
仿佛看见,身后的陕北高地上,柔软的雾柳
纤细而多情。

白云与苍山,并不生分,是它一起玩大的
左邻右舍。
每当风吹,它们开始雾一样摇摆,婀娜的身姿
会跟着我,在硷畔上慢舞。
细碎的声音,安抚着每一个因干旱
而歉收的村子。
它的恩情,在土地之上。
而此刻,风把我从记忆中领回来,提醒我
眼前的黄河,要舍弃一些。
包括从我家门前
经过时
顺手牵来的植物。
(我叫它沙柳,而更多的外乡人
叫它红柳,出于写作的需要
此刻,我也改口叫它红柳)
在我到来之前,红柳已被东营接纳,并成为
其入海口重要的美色。
我一眼就从众多的灌木中,认出它。
只是天气大热,阳光尖利,惯于使坏的牛虻
不断抢着镜头。
让我耽于这些似是而非的事物,而慢待了自己。

无法辨认的来路

无论如何,在东营,在黄河入海口
与一棵,两棵,三棵,乃至更多的毛头柳相遇
面对它们的散漫,我会惶然止步。
它们所呈现的杂乱,除了手足无措
还可否借用入海口强大的风力
让河滩上漫开的水,抬高一尺。
相对于大海,它们是一条大河裹挟的弃子
站在岸上相与逢迎,厮磨,而不在乎
伟大与渺小的生存法则
究竟有多少,可以推倒重来。
如果在陕北,我们不会让
自己成为一个废物。
不会让一身好力气,被随意浪费掉。
我们就是那些大小不一的毛头柳
尽力让上好的椽子,从项上长出来。
接替茅草,而支撑起大厦。
让天下的小人物不再软弱,惜别。
仿佛我们是勇士,必然比别人,要多一些豪气。
守住我们向北的边墙
无论如何,我都不会靠近东营的毛头柳

它们有太多轻浮，要等着白鹳来安抚。
应该是走散得太久，它们已无法
辨认自己的来路。
习惯于一棵，两棵，三棵，乃至更多的身体
挤在一起，虚张着声势。
而忘记了自己骨子里，还存有一抔黄土的高贵
等着我拿全人类的关怀，以诗赞美。
而不是抱着一些余粮，喂养无力的胃口。

我的好奇心,被一再驳回

两只白色的大鸟,飞过黄河入海口。
它们相对一致的飞翔,改写着我对鸟类的
一些成见。
整个夏天,我纠结于这银质的色系
画不出一个人所沉迷的世界。

不知道黄河与渤海的分界线,究竟有多长。
两只白鹳,在云水间不停地飞
它们像两个快活的精灵,成为这个夏天
最美的遇见,和恩爱的代名词。

并在另一个向度上,完成了一次
诗意对生命的救赎。
穿超短裙的白鹳,被汽车的挡风玻璃
捕获时,我的好奇心,被一再驳回。

整个夏天,就多了一些遗憾。
现在,更多的白鹳
像无数团白色的火焰,飞过东营的入海口。
它们的飞,妖娆,深情,不可复制。

那些匆忙的正午如出一辙

有一种植物,不需要在场,我就能
掂出它的分量。
比如,在东营的黄河滩,我并未看见翅碱蓬
从三月开始,长到了十一月。
跟在海风后面,它们经过一个冬天的忙碌
继续疯长。

它们还用一年的好光景,染红滩涂。
仿佛忘记了撤离。
被它冷落,一只白鹳带着一生的不安
从翅碱蓬的左后方,向远处张望。
看见天空,海岸线,还有云海间被隔离的叶子
独自灰暗地飞翔。

那是些身怀绝技的叶子,被湿气和阳光安抚过。
最热的天气,会包围今年七月
最低的草木。
我这个局外人,与那些匆忙的正午
如出一辙。
我们彼此为岸,活在渡与被渡之间。

与安静的码头一起摇晃

在威海的大海边,与安静的码头
一起摇晃,一起合影,聊天。
一个怕水的人,来到一片伤心地,替古人担忧
又有什么用呢?
多年前的威海卫,是个什么样子,并不重要。
重要的是我不在现场,那些可怕的幽灵趁着夜色
摸进来,反客为主。

不能留在此地,以一个旁观者的嘴脸
穿过一栋海滨大楼,停一停,再穿过一座老式的教堂。
如果那样,家的沦陷,在所难免。
诗歌的危机,会因一只绵手在牵引,而语无伦次。
我的威海卫,因我而失眠。

我的咳嗽声,始于海上卷来的凉风
它有多大的深情,要申诉。
要逃避。不等待我们离开
一些小浪花,就追着我们的惊讶,与夏天一起
在沙滩上,谈笑风生。
我们的威海之行,令人难忘,解救了一个因薄情
而离群索居的人。

整个下午,我们缓行慢走

到威海,大海一定要看,它气派,豪迈
有足够的热情,等待我们来迎接。
里口山不大,像一个刚过门的小媳妇,在威海边
的山坳里藏着,形色可疑。

就像一片叶子,脱离了树上的果实
会被海风吹着,带走。
我们的处境看似险峻,实则遥远。
借助一块山石坐下来,吹一吹山风
听一听鸟鸣,让连日来劳乏的手脚放松一下
一定,不虚此行。

即使这个想法,简单,明了,接下来的落脚点
还是被我们一改再改。
先是一处幽静的院子,将我们吸引。
刚进大门,一声嘶吼,让我的耳朵差一点
跌在地上。
我们只好另寻别院。
其次是一棵李子树,熟果高挂
写诗的手,细软的手,好吃懒做的手一拥而上

瞬间成了采食者仅有的利器。
接下来,是路边的知了与无名的虫子
在阳光下较着劲赛歌。

整个下午,我们缓行慢走,没有找到
一个安静之所,来替换
这个嘈杂的人间。
但在里口山,我们看见了威海的另一片水域
它本分,辽阔,不会伤人太深。

写诗的那些年

写诗的那些年，不愿说出的
无力感，是一块危险的次大陆。
玻璃一样脆弱的五指，倾其角力
难以抹平
一条小河势单力薄的飞翔。
它有着海盐的坚硬，北纬30度的柔软。
而写诗的远村，抱着父亲一样的
陕北从金锁关，舍身而下。

他的手，抓住了星空，脚却在长安街的
石头上轻轻擦过。
高公馆的某个下午，春天还在路上。
一把诗歌的密钥，就打开远村耳朵里的风声
和呼吸中按捺不住的霾。
当所有人被吸引，一天的阅读就停在
一间旧屋子里。间或丁香花未开的庭院
必然会见识两个迷路者，从大衣口袋里掏出
一沓皱巴巴的诗稿。
一些过气的句子，照样挣扎在现场。

写诗的那些年,身体是悬空的。
总是要有一些钙质被打发掉,又渴望某个人发善心
把它还回来。
如果不是高公馆,如果不被破旧的院子吸纳
就不会守着一块荒凉的陆地
毫无诗意地出行,一动,就少了五个春秋。

一张一闪而过的脸

执更的人,各自睡在黑夜里。不说一句话
画画的远村,被一些矿物质纠缠着,像一把无名剑
在颜料瓶的身体间往来
十里河山。不多也不少,正好是一个有趣的人
早就想要埋下的火药桶。
过于拘谨的场面,肯定不是远村所预设。
远村说:"我要画下一张脸,一张善意的出行中
不断被刻意放大的脸。"
作为回应,一张一闪而过的脸,绝不会
被薄情的夜色取代。

也许,只有它们如此亲密,如此完整地
出现在拂晓时分,才会醒来,才会说服
被水墨洗过的城。
坚守一个诗人,也或一个画家的白日梦。

许多时候,关于画画我最大的收获
就是走过
远村的山水而不想着偏离。
还有他信手画下的人物与花鸟

总是那么安静,那么坏。
一张笨拙的嘴巴,难以说出它的深浅。

正如搭错一列快车,驶入旷野,会不停地问自己
经过了什么。经过了吗?
从起始到终点,这样的问号会不断冒出来。
它们的黑翅膀
如我们一闪而过的,出卖了良知的脸。

写下人间的自序帖

寒食之后,就是清明,那么多的人
想要回到荒草覆盖的故乡,去会一会
已经不能言语的荒山与亲人。
直到他们其中的某一个,忘了回家的路程。
写字的远村,才有机会,收起他北归的快马。

你知道吗,我们最美的书法
就是先人们谢落的时候,不慎留下的
大小不一的那些脚印。
还有穿插其间的骨石与精血,它们有天命难违的固执
不断喂养着水质的点画。
还让它们一会儿密不透风,一会儿疏可跑马
一会儿憋得喘不过气来。

如果还有什么遗憾,不足以说出对汉字的敬畏
就让我们用额头去亲吻大地。
再让我们一起站起来,抱紧远村在一张蚕纸上
写下的人间大爱。
在黑夜降临的时候,还能见证他手指间
发出玉女一样高洁的光。

诗人的天佑德

我们是一起看海的人,没有见到海。
进入天佑德博物馆,唯一的走廊夸张而变形。
酒气湿润,像一个被局限在互助的道场
窗开着,阳光和微生物可以进来。

墙上的照片有些年头了,我不能逐一打量
青稞酒糟雪与水的青涩年代。
那些极其简约的声音
把酿酒师推到雪山面前,这一刻,我才注意到
比酒急切的展览大厅
还有更为粗粝的香气扑面而来。

比空气的瓶颈要小的暗物质,潜伏在远村
身边的二维码
它分散了诗人的注意力,延缓了一瓶小酒
送达我们手上的快节奏。
在走廊与走廊之间,我们一边私语,一边靠着
陌生的粮仓轮流拍照,互换着微笑。

在哈拉库图游走

九月的一个上午,诗人们在这里游走。
我的眼睛迷路了,进入村路的另一条
看见了昌耀的高车,从一间低矮的土房子出来
它灰暗的眼神追赶着我的影子。
在一片意外的慌乱中,我是一个十足的掉队者
瞬间被一个叫孤独的词所包围,所驱赶。

九月的上午,巨大的光芒,是从诗人们
从高处的草地上返回开始的。不语的土墙
牛粪闪着善良的火焰,哈拉库图。
我,一个缓行者,诗人中的一个,能否在这里找到爱
与灰烬。
它们一定大过高车上的青海。

被迫冬眠之前,诗人们打开自己的身体,就像敞开
青海高原生锈的窗户。
让每一粒阳光,吹进来。
每一粒沙子,每一丝暖风,快速回到诗歌中来。
每一只鹰,都在唱着一首
低沉的,哈拉库图。

从燎原的一本书开始

我的好奇,是从燎原的一本书开始的。
有关昌耀
丹葛尔古城与诗歌,变得神秘。
把人间当火焰来看待,让诗人放松一下,改掉坏习气
用善意成全一次神性的接触。

昌耀纪念馆在冷风中站着,他的上半身
以汉白玉的方式,象征不朽与高洁。
此刻,我不怀疑历史,也不怀疑丹葛尔丝绸
要在西去的路上走动,多么吃力。

我只在乎昌耀所经历的苦,究竟有多苦。
馆里的旧物件,已不能支撑前主人庞大的体量。
只有乃正先生的书法,在墙上,野蛮生长
像一首边塞诗,在奔跑。

所以,在远村看来,诗人们出现在丹葛尔古城
应在意料之中。
我从他们后面往前看,一部石板街一样坚硬的史书
站在路的尽头,纹丝不动,有点像写诗的昌耀。

春天是诗歌的女仆

春天是诗歌的女仆,哪怕是一个手势
也像从印度洋吹来的热气流,使草木向荣。
牛羊遍地走。

好的事物,在这一刻相遇
不坚持整齐划一。但要背靠着发光的瓷器与窗纸。

忙着叫醒,睡了一个冬天的虫草。它的小身子
像高楼下的鸟鸣,玉兰花的光
要把一首老歌的碎和疼,从嘴里喊出来。

非我所愿。此刻,我是世界上最知足的人,一转身
就会遇上一大堆幸福的事物。
它们心地纯良,面色姣好。

所以,安于一首诗的春天,远村心欢不已。
含笑于泥土上,没有一丝半缕的急切。
让春天放慢脚步,跟着我走,在这里,一切都是无量。

咽下一片柴胡的好意

一年将尽,记不住一片柴胡的好意
只在我身后的郊外,躲过春天里所剩不多的风寒。
善意的宽慰,不能自圆其说。

黄芪与天麻结伴而行,经历了一个年份的虚弱
医者的十万朵烈焰,迅速复活。
这个时候,适合在诗歌的后院种下当归。
在佛塔以北,迫不及待地追问
何为良医。

在绕城与二环的区间,要坚持说出一味补药
与一座老城的焦虑。
还在破败的碑帖里,活成一个潦草的新贵
转眼又变成一个工整的穷鬼。

不明来历的暗疾,面若陈皮,一切不遵
医嘱的口服
就让它们归于心慌。
善良的急救,让给丹参。

所以,我选择了善良,在高烧不退的午后
咽下一片柴胡。
在冰与火的衣袖间,取出药方
就如同一个书呆子,取出颜如玉。
在远村画下的山水里安坐数日
忽然明白了人世间有太多的甘苦,只能品味。

回不去的故乡

经过的事,不要再提,就让它有个好的结局。
让它抱紧一个怕冷的人,互不伤害
也不说出深埋心底的痛。

要做到这些,有多么难呀。
知根知底的人,相继离去。
一些心怀杂念的人,丢了脸面与尊严
还不回头。
只要一小点风吹草动,就会掀起滔天的大浪。

还有太多的争吵,不肯匿迹。
久不写诗的手,无力支付下坠的幸福感
只求两手空空,该有多好。

不是因为年事繁忙,也不是因为回家的路
被冰雪阻隔。
而是人心散了
回不去的故乡,早已无年可过。

是啊,经过的事,不要再提,就让它有个好的前程。

让它扶着一个赶路的人,互不冒犯
也不吹灭心里亮着的一盏灯。

我难以放下的故乡

一个叫远村的村子,不是一个传说。
它是我难以放下的故乡。
它叫我把人间的不安放弃,把秕谷一样
压在头上的虚名放弃。
一纸浮夸的诗句。
无论如何,都难以说出它的浩荡。

村子的本分,村子的豪气,不是一个
书生的信口开河。
也不是一个官人的刻意忘记。
它在岁月深处,外乡人不能看见。
满山的树,多余的树,不让一粒米露出来。
一只鸡在树上叫个不停,一条狗打扰了它的睡眠。
它的王国。
它的一小点不可言传的散漫。

一个叫远村的村子,回家的消息来得太迟。
太迟了,我就有些急不可待。
地里的庄稼追着我奔跑。
一个写诗的人,张开了双臂,要抱一下今年的收成。

空气中立刻就弥漫着五谷的味道。
让我一下就踏实了
一下子扑进一个久违的怀抱
难以出走。

守住过两个县的错爱

一个叫远村的村子,守住过一个男人的
早上和中午。
守住过两只蜜蜂的恩怨。
还把一个过期的粮仓,自上而下守住。

一个叫远村的村子,守住过因风而起的草席。
守住过仅剩的延安口音。
守住过两个县的错爱。
还把一个过客,与另一个貌似过客的
不安与无奈守住。

一个叫远村的村子,它太多的放松
消解了一个男人的豪迈。
它不知轻重地把一地芝麻与西瓜守住。
把一条小河,从北向南守住。
留村老人的忙碌,也被长在坡上的麻糜惶然守住。

一个叫远村的村子,守住过一个年代的
前村,上碥和后庄。
守住过难以自持的老窑与新房。

还把一片阳光下，东张西望的蒿草与小调守住。

一个叫远村的村子，守住过一个说书人的
不知深浅。
守住过三个姓氏的高与低。
它的叙事，缓慢，直接，还把一个村子的黑夜与白天
不折不扣地守住。

我听见了大地的歌谣

如果不爱苍生,我就不会写下一首诗的冷暖。
很多年了,一直放在我的书架上。
只要看见它,我的心就高蹈不已。
也不会写下一个叫远村的村子,它于我有着几世人的忙碌。
有着槐花对杏花的赞美。

是的,在一个叫远村的村子,我听见过天上的声音。
我在想,如果我不从长安出发,我会以什么样的方式
回到一个久别的村庄。
又会以什么样的脸面
喝下一口延河水,还在一些熟悉的沟渠留下一些
不知厚薄的轻慢。
留下一个人的善念。
留下一个村子,关于活着的离奇。

如果不在乎苍生,如果不把我从一个荒芜的城叫回来。
我即将黯淡的怀乡之心,就不会再一次
被毫无节制地放大。
我也不会从长安出发,不会带上一千个安稳的及时雨。

把自己想象成一粒报恩的种子。
找到高坡与沟地的过渡地带,安身立命。
然后小声对自己说
今夜,我听到了世上最暖心的歌谣。

比诗歌还脆弱的方言

一个回乡人,说着比诗歌还脆弱的方言。
见识了被另一些方言打闹的村镇。
呼吸着田野之上清新的空气,北山之北的玉米就要熟了。
我看见受苦的人,换上了一种体面的活法。
我就像一只受惊的兔子,在干草上快速跃过。
快速拍掉身上的尘埃。

我按住晃眼的莠子,想让它们低过一张纸币的欲火。
那些卧在风车下的牛羊,嚼着一棵桃树,也可能是嚼着一棵枣树的温情。
长在坡上的地椒与紫梅,还未来得及相认。
就让我为它们的香气高兴不已。
说出我内心的村子,有多少烂漫,多少暖。
虽然它们未必领这份情,但我还是要拿出自己的方言。
不厌其烦地说,远村的秋天,比任何一个人的秋天都要响亮。

我是一个被米香割倒的人

如果在闹市区,一个不爱说话的人
会被更多的人敬为高怀。
偌大个地方,只是一个撂荒的工地。
一个放不下人心的垃圾场。
到处散布的杂音,让一个画画的人不忍受累。

所以,每一次离开,我就像一个人质逃离了苦海。
车子在高原上急速驶过。
那些熟悉的气息扑面而来。
我一下子就变成了一个口若悬河的人。
一个歌者,一个可以见证幸福的人。

挥之不去的方言,被满地的庄稼听见。
还跟我说,你回来的时候,玉米熟了。
我对身边的亲人说,如果玉米熟了,我就是一个酒客。
一个可以被米香割倒的人。

这就是远村,一个生长诗歌的村庄
有书本里找不到的远方
接着宽大的地气。

还有我弃之不用的抒情。
不停地告诫我,没有比老家更欢实的人间烟火。

后　记

　　我一直觉得，事关诗歌的传播与阅读必须有一个谨慎的态度，这是因为，现代汉语诗歌经过一百年的发展，到了今天，处境和问题一再被提出。究竟我们当下的诗歌写作还要不要传统？或者说要不要从古体诗的成果中吸收有益的养分？统而言之，就是当下的诗歌写作，我们必须要面对着两个传统：一个是有着两千多年历史的格律诗传统，这是一个相当稳定的大的传统，另一个是只有一百年历史的自由诗传统，这个传统处在求变的过程中，其内部结构极不稳定，受到外部世界的干扰比较多，也容易被新鲜的事物左右而陷入一种未知的语言迷局中。所以，当我的写作，确切地说我的诗歌写作尚处在变声期，还有许多事关诗性经验与日常意象之间的逻辑关系不够清晰时，面对两个诗歌传统，是顺势而为，还是溯流而上，或是另辟蹊径，我还拿不出一个令自己心里踏实的准确的答案。

　　好在，诗歌的传播不是诗人自己所能把控的，其效果完全取决于诗歌的阅读，从本质上讲，诗歌阅读就是对一个诗人才华的认定过程。也就是说，诗歌的现实影响力极其有限，对历史的书写也只是碎片化的，跳跃式的，不清晰的，不可能给人类的记忆留下一个明确的痕迹。当然，我一直以为，真正的诗人一定是才情与大悟的代名词，一首小诗就能留名青史的大诗人不乏其人，但终究还是普通的诗人要多一些，他们只关心自己能感受的那一部分生活并用适合个人的说话方式，向读者展露心机，和普遍的语言智慧与人生感悟。

大约在十年前吧，我决定出版自己的最后一部诗集《远村诗选》，准备向自己的诗人身份告别，从此后专心于书画方面的研修，不再过问诗歌的事。但当我拿起毛笔在毛边纸上抄写《诗经》时，我发现一种冲动，一种指引，让我像一个梦游者一样，轻易就回到了自己的精神故乡。《诗经》里的那些诗句率性，自然，芬芳，劳作的人们，可以自由呼吸新鲜的空气，放下农具就会跑很远的路跟自己心仪的人约会。我不禁感慨："这是怎样的情景啊／我的神啊，我要把／我周朝的先人们赞美。"

我还发现《诗经》里的诗歌，在表现方面有一个共同的特点，就是抒情与叙事在一首诗里同框并置，它们的重要性显而易见，且不分伯仲。对我而言，这个发现太过重大，它解决了我长期以来诗歌写作的一个困惑，就是如何处理一首诗的抒情性与叙事性的比重，即如何处理二者明与暗，虚与实，多与少的关系。有了这个觉悟，我的写作激情又被燃烧起来，诗歌写作的热情愈发高涨，好句子不请自来，写作本身也变得轻松而愉悦。紧接着，我把古典诗歌的发展脉络捋了一遍，发现不同时代的诗歌虽然形式多变，但都有着《诗经》一样抒情与叙事并重的表现传统，这个传统虽然一直存在，但被我忽略了，既然已经发现，我就毫不犹豫地继续自己的诗歌写作。所以这几年的写作状态应该是我诗人生活中最好的，我写了一首长诗三部诗集，写作的冲动依然还在。这更加坚定了我的诗歌写作方向。我的诗歌表面上写一些客观事物，实际上更多的指向是一种精神状态，或者说，给阅读者以惊诧的那些诗句本质上是一个诗人的自传。那么多生活中的日常被我变为飞扬的诗絮,只要我愿意,随时可以在两个鸡蛋上跳出优美的舞蹈。根据我的观察,诗人真正意义上的超越,除了灵魂的超越,还有诗歌表现方式的自我超越,好的诗歌,表面上是具体的日常物事的文学反映,事实上,一定是别有用心。人们总是枉怀企盼让自己的世界观和方法论能惠及周围的人们,至少能得到亲朋和后辈的认同并对他们的人生有所帮助,我也难以脱俗,也有一个小小的渴望,就是自己的诗集出版后能被更多的人反复阅读。

说实话,出版这部诗集我还是有一定的压力,我怕别人不能吃透我诗歌的主旨,怕曲解了我语言的用意。毕竟众口难调,读者的诗性经验千差万别,对许多事物的认知和判断存在一定的分歧,文字交流又是在两种客体之间游移。诗是什么,如何写诗,也存在着理解上的盲点。但当我重新阅读自己的诗句"我把一个人的大地,画成了众人的天空。/我想让更多的人飞起来,飞得越高越好"之后,我打消了这个顾虑。我坚信,所有的文学都是用来交流的,诗歌作为文学中的文学,它的交流更为直接,读者读诗,就是精神与精神的碰撞,或者是灵魂之间的相认。不必在乎是古体诗还是现代诗,被其形式的结构性所蒙蔽而不得要领,既然诗歌生发于人的生活场域,就不可能回避诗人对现实世界的期望与关切。确切地说,诗人是不可以放弃一个人想要看到自己想要的生活的,而这个生活又是那么亲切,那么真实,那么不容置疑。就如我在一首诗中所言:"我把自己也画进画里去了。我的头发,我的四肢。/还有我过于膨胀的欲火,也画进去了。/不要问我过得好不好。我的三国,我的水浒。/我的金瓶梅,我的红楼梦。/我的神雕侠侣,也都画进画里去了。"

我知道，写下这样的诗句，就是一个人跟他曾经对抗的世界最为决绝的妥协，是人到中年以后的洞悉与达观。假如我把体察人心的力道再减弱那么一丁点，那么，我就能在诗歌和读者之间建立起一个大致平衡的格局，但我不能这样做，因为在漫漫长夜里，诗人只能说出他认为最重要的那一部分。

回到现实中，我发现，我们的生活极少受到诗歌的拖累，甚至可以说，诗歌改变不了时间的方向并沉溺于一种鲜活而有质地的语言狂欢，如果，我大胆放弃意象，语境，节奏之间的互动性，直接说出自己的现实洞察力，语言的亲和力和生命的丰富而幽微的感受力，那么，我是否还能在下一刻找回原来的自己？

诗歌的写作与传播涉及的面很广，但究其根由还是生命的自我发现。今天的世界已经发生了翻天覆地的变化，一个中年诗人为了安妥灵魂而刻苦写诗，而且始终对身边的事物保持着新奇的感受，这种新奇感，能带领诗人找回迷失的自己，也能带读者回到生命的现场。在以往的经验中，诗人持有的话语苍白而乏力，诗歌的天性，又侧重于启示和彰显，是形而上的那个道的开化。所以，在我看来，诗歌既是诗人对生活的发现，也是诗人内心世界的安静独白，读者只有耐心地阅读，才会有所获得，从而在自己的生活经验中完成哲学和审美层面上的对自我人格的重塑。

非常感谢陕西师范大学出版总社社长刘东风先生，让我能够顺利出版这部诗集，感谢舒敏和彭燕女士的精心编校，让我的诗集更为完美，而且，让我受益匪浅。

远村

2023 年 12 月 9 日